Contents

チートで家庭菜園

～多分私が精霊姫だけど、他に名乗り出たものがいるので、家庭菜園しちゃいます～

婚前編

プロローグ

その家は、広いがボロかった。しっかり手入れすれば美しいであろう白亜の壁は薄汚れ、下部には蔦《つた》が絡み付いている。鋭角の屋根には、ところどころ穴が空《あ》いていて、それを木の板で補修していた。

そんな古びた家に、今日もガンガンとフライパンをお玉で叩く音が響く。

「お義兄様《にいさま》！　朝よ！　起きて！」

「ん……っ……」

部屋の主である青年は、寝台の布団の中でもぞりと動く。が、すぐに止まってしまい、再び寝息が聞こえて、部屋の戸口に立っているカレン・オールディスはため息をついた。

そしてもう一度、フライパンをお玉でガンガンと叩く。

「お義兄様！　いい加減にしなさい！」

ガァンッとフライパンを力強く叩くと、青年は「うおっ!?」と飛び起きた。

「な、なんだ朝かあ。毎度、毎度朝から心臓に悪いな、おい」

「お義兄様が起きないからでしょ」

「ははっ、そうなのか」

朗《ほが》らかに笑う青年の名は、クライド・オールディス。カレンの義兄である。亡き父親から家督を継ぎ、一応伯爵だ。

一応というのは、オールディス家は遥か昔、地方伯としてオールディス地方を治めていた由緒正しい家柄なのだが、農奴による下克上の嵐で没落してしまい、今では貧乏伯爵家に落ちてしまったからである。

「まったく……アデラさんと結婚してからも、こうして起こしてもらうつもり？」

「いやあ、あそこは豪邸だからメイドが起こしてくれるかもしれないぞ」

「……お義兄様、少しは自分で起きられるように努力してちょうだい」

どっと疲れた気分で、カレンは「じゃあ朝食はできているから」と言って部屋を後にしようとした。そんな彼女をクライドが呼び止める。

「カレン」

「何？」

「いつもありがとな」

にっこりと笑って言われ、カレンはぷいとそっぽ向いた。

「て、手間のかかる義兄がいると苦労するわ」

「ははっ、悪いな」

そんなやりとりをして、カレンは先に食堂に戻った。テーブルの上には、朝食が二人分置かれている。カレンが用意したものだ。

母も流行《はや》り病で四年前に他界し、たった二人きりの家族となったクライドであるが、カレンと血は繋がっていない。カレンが栗色の髪に琥珀《こはく》色の瞳であるのに対して、クライドは赤毛に黄褐色の瞳と、外見もまったく似ていない。

母はカレンを産んでもう子供を産めない体質になってしまったのだが、この国では爵位を女子は継げないので、病弱だった父が自分が早死にして妻と娘を路頭に迷わせぬよう、クライドを養子として迎えたのだ。

当時、カレンは六歳だった。クライドは十歳で、母の後ろに隠れるカレンに優しく微笑んでくれたのを今でも覚えている。

もう十年も前のことだ。けれど、そのことを思い出すと胸がぽかぽかと温かくなる。

――と、回想に浸るカレンの耳に扉の開閉音が響いて、はっと我に返った。

「悪い、待たせたな。じゃあメシを食うか」

テーブルにやって来たのは、紺色の警吏官の制服に着替えたクライドだった。貧乏伯爵であるクライドは、街の治安を守る警吏官として四年前から働いている。生活を支えるためだ。

「うん。食べよっか」

「じゃあ両手を合わせて」

いただきます、とカレンとクライドは口にして朝食を食べはじめた。今日はパンに目玉焼きにソーセージ、そしてサラダだ。レタスをちぎって、カットしたトマトときゅうりを乗せてドレッシングをかけた新鮮なサラダである。

「今日もうまいな。この野菜は家庭菜園で採れたものか？」

「うん。採れ立てだから新鮮よ」

カレンは家庭菜園が趣味である。この無駄に広い敷地を利用して、季節に合った野菜を育てている。亡き母が家庭菜園をやっていて、家計を助けるためにも引き継いだというのもあった。

「結婚したら、もう食べられなくなるっていうのが寂しいな。お前もまさか結婚してまで家庭菜園はやらないだろ？」

「さあ……お相手の了承が取れるかどうかね」

「やるつもりなのか!?」

「もう、お義兄様には関係ないでしょ。ほら、早く食べないと遅刻しちゃうわよ」

結婚、という言葉に胸の痛みを覚えながら、カレンはつんとした表情を作って促した。クライドは渋々ながら食事を進め、いつものように完食して席を立った。

「じゃあ行ってくる」

「うん。いってらっしゃい。はい、お弁当」

「おお、サンキュー」

クライドを見送った後は、食器を流し台に片付けてまずは家庭菜園だ。が、食器を置いてい

る最中、

「いたっ」

ちくりと刺すような痛みが胸部を襲った。場所的に胸の谷間だろうか。

（……何かしら。虫にでも刺された？）

食器を流し台に片付けた後、カレンは確認すべく自室に向かった。姿見の前でワンピースの胸元を開き、痛みがあった箇所を確かめる。

すると、そこには翼を象《かたど》ったような文様が浮かび上がっていた。

「ええ!?　何これ!?」

普段の装いでは見えない所だからまだいいが、それでも謎である。一体、何が自分の身に起きたのかとカレンは戸惑った。

医者に行くべきだろうか。奇病だったりしたら困る。

（午後から病院に行こう）

そう決め、カレンは、はだけた胸元を直した。今は痛みはないので問題はない。菜園を見に行こうとカレンは家を出た。

家の脇に菜園はある。今はトマト、きゅうり、なす、レタス、キャベツなどを育てる。

ジョウロに水を汲んで野菜達に水をかけ、虫に食われていないかチェックして、雑草を抜いたら朝の作業は終わりだ。

収穫できるものもあるが、食事を作る際に収穫するので今はいい。

（さて、と。家事に戻りますか）

まずは食器を洗って、洗濯をし、この無駄に広い家を掃除しなければならない。それだけで午前中は潰れる。

家の中に戻ったカレンは、早速家事に取りかかった。毎日していることなので、慣れた手つきで家事を終わらせ、手早く昼食を作って食べた。

そして、病院に行くべく家を出た。

（奇病だったりしないといいんだけれど……）

クライドに感染《うつ》しても困る。そんなことを思いながら、カレンは煉瓦《れんが》造りの高層住宅が立ち並ぶ住宅街を歩く。

太陽が天高く昇り、空から降り注ぐ陽光が眩《まぶ》しい。夏なので気温も高く、少し歩くだけで汗だくだ。

気休め程度にしかならないだろうが、手で顔を扇ぎながら歩いていたカレンの耳に大声で「号外！　号外！」と叫ぶ声が聞こえた。

風でひらりと一枚の紙がカレンの足元に滑り込んでくる。カレンは足を止め、号外を拾った。

「精霊姫の訃報……？」

精霊姫とは、精霊に愛され、その精霊に仕《つか》える巫女で、精霊教会の顔ともいえる女性である。

その精霊姫が亡くなったとあっては確かに大事《おおごと》だ。

号外には、今朝亡くなったと書かれてある。つらつらと書き連ねられてある文字を目で追っていたカレンは、最後に書かれている文字とイラストに目を疑った。

そこには、新たな精霊姫を探している旨とその目印は胸の谷間に文様が浮かび上がっていることと書いてあり、翼を象ったような文様の絵が描かれていた。

(え⁉　嘘、私の胸元にある文様と同じ……⁉)

該当者は王都の精霊教会に申し出てほしいと書いてある。

カレンは呆然《ぼうぜん》と立ち尽くした。

第1章　私が精霊姫？

結局、カレンは病院には行かずに家へ戻った。自室の寝台に腰かけて、号外の文面を何度も何度も確認した。

だが、何度確認しても自分に該当していて、カレンは頭を抱えた。

「どうして私に……？」

どうしたらいいのだろう。王都の精霊教会に申し出るべきだろうか。

けれど、そうしたら。

「もうお義兄様とは暮らせなくなる……」

精霊姫は、精霊教会の総本山の精霊宮で暮らさなくてはいけない。聖なる存在として、市井《しせい》で暮らすことは許されないのだ。

精霊姫になれば、神官にかしずかれ、今までと違って優雅な暮らしができるだろう。だが、クライドと離れて暮らさねばならないことに耐えられない。

そうして悩んでいるうちに、あっという間に一日が過ぎた。

「どうした、カレン。元気ないな」

夕食の席。仕事から帰って来たクライドが心配そうに声をかけてきた。どうしよう。クライドに相談するべきだろうか。

迷った末、カレンは努めて笑顔を作った。

「ううん、大丈夫だよ。ちょっと夏バテしただけ」

「そうか……何かあったら、俺に話すんだぞ？」

「うん。ありがとう」

クライドは優しい。出逢った時から。血が繋がっていなくとも、本物の兄のように接してくれる。それが今では胸が痛い。

そうしてクライドに打ち明けられないまま、一週間が過ぎた。そしてその日、買い物に出かけたカレンは橋の上で再び「号外！　号外！」という声を聞いた。

「……？」

足元に滑り込んできた紙を手に取ると、驚くべきことが書かれていた。

（え!?　新しい精霊姫が見つかった!?）

何度確認しても、新たな精霊姫が見つかったと書いてある。間違いない。

（え、じゃあ私って精霊姫じゃなかったってこと？）

思い悩んでいたこの一週間は、一体なんだったのか。カレンは笑い飛ばしたくなった。

（よかった……これでお義兄様と離れて暮らす必要はなくなった）

ほっと胸を撫で下ろし、カレンは上機嫌で街を歩いた。買い物先の店主にも「何かいいことでもあったのかい？」と訊《き》かれるほどで、カレンは緩んだ口元を引き締めた。

家に帰ったカレンは、夕食の支度をするべく菜園に出た。収穫をするのは、一週間ぶりだ。

「レタスとトマトときゅうりとなすっと」

レタスに触った瞬間、ポロン♪　と何か音が鳴った気がしてカレンは顔を上げた。けれど、周りを見渡しても誰もいない。

（……気のせい、かしら？）

気のせいだと思うことにして、レタスを木で編んだ籠《かご》に乗せる。そして、次にトマトに触るとまたポロン♪　と耳奥で音がした。

（え、なんなの？）

再び周りを見渡しても誰もいない。一体なんなのだろうとカレンは首を捻《ひね》る。

幻聴だろうか。だが、確かに聞こえた。

きゅうりとなすに触った時にも同じ音が聞こえて、カレンは首を傾げるしかない。

とりあえず、収穫した野菜を乗せた籠を腕に抱えて、カレンは家に戻った。

そして夜。

「ただいま」

「おかえり、お義兄様」

仕事から帰って来たクライドは、食卓に並ぶ料理を見て「うまそうだなあ」とひとりごちた。

「先にお風呂に入る?」

「いや、先にメシを食う。腹減ってな」

制服の上着を脱ぎながら、クライドは椅子に座る。脱いだ上着は背もたれにかけた。

カレンも向かい側の席に座り、クライドと共に両手を合わせた。

「じゃあいただきます」

「いただきます」

そうして夕食を食べはじめた二人だったが、料理を口に入れた瞬間、互いに叫んでいた。

「うまっ!」

「おいしい!」

今日の夕食は菜園の野菜をふんだんに使った料理だが、これまで以上に信じられないほどおいしい。

「なあ、カレン。今日の野菜も家庭菜園で採れたものか?」

「う、うん」

「すっごくうまいぞ! あっ、今までの料理もおいしかったんだけどよ、今日のは段違いだ。なんていうかさ、食材がおいしいんだよな。トマトなんて果実みたいだ」

そう。食材がおいしい。レタスはしゃきしゃきしていて瑞々《みずみず》しいし、きゅうりも歯応えがいい。クライドの言う通りトマトなんて果実のように甘い。

亡き母から家庭菜園を受け継いで、こんなにもおいしい野菜を作れたことがあっただろうか。

いや、ない。

だが、たった一週間でこうも味が劇的に変わるとも思えないので、怪しいのは――。

(あの音)

食材を触った時に聞こえたあの音が、何かを意味しているのではないか。

(まさか、精霊姫としての力だったり……?)

精霊姫は複数現れるのか、あるいは名乗り出た者が偽者なのか。もしかしたら、カレンは本物の精霊姫なのかもしれない。

けれど、公《おおやけ》にはすでに新たな精霊姫がいる。それが本物であれ偽者であれ、カレンは取って代わるつもりはない。慎ましくも穏やかな生活をクライドと共に送れれば、カレンはそれでいいのだ。

「なあ、カレン。お前、菜園に何かしたのか?」

「えーっと、いい肥料を見つけたからかな?」

「ふーん」

あまりにもおいしかったので、二人はあっという間に夕食を平らげた。満足そうなクライドの顔を見て、カレンはくすりと笑う。

「じゃあ食器を片付けるから。お義兄様はお風呂に入ってきて」

「おう」

ごちそうさまでした、と言って、クライドは食堂を出ていった。すでに入浴を済ませてあるカレンは、食器を洗って自室に戻った。

文机に座り、日記帳を開く。毎日日記をつけるのがカレンの日課なのだ。

『新しい精霊姫が見つかったみたい。よかったと思っていたら、菜園から野菜を採った時、不思議な音がした。その野菜を使って料理したら、びっくりするほどおいしい料理が作れた。もしかしたら、精霊姫の力かもしれない。私は本物の精霊姫なのかな……？』

日記をつらつらと書き連ね、カレンは文字を乾かしてから日記帳を閉じた。――と。

「おーい、カレン。シャンプーの替えってどこに置いてあるっけ？」

「きゃっ」

扉が開いて顔を出したクライドの姿に、振り向いたカレンは顔を真っ赤にした。というのも、クライドは腰にタオルを巻いただけの半裸姿だったからである。

カレンはすぐに反対側を向き、「浴室の棚の中よっ」と悲鳴じみた声で返した。

「もう、はしたない！」

「ははっ、いい体してるだろ？　毎日鍛《きた》えてるからな」

「どうでもいいから、さっさと出ていって！」

「はいはい。お邪魔しました」

扉が閉まる音がする。カレンはばくばくと疾走する心臓がある胸元を押さえた。そしてクライドが顔を出していた戸口を振り返る。

まだ半裸の姿が目に焼き付いている。本人が自負している通り、均整の取れたほどよい肉付きの逞《たくま》しい体だった。

（って、何思い出してるのよっ、私ってば！）

再び文机に向かったカレンは、眉尻を下げながら日記帳をまた開いた。そして最後に付け加える。

――私はお義兄様が好き。

それからは、毎日の食卓がとびきりおいしいものになった。クライドが大喜びでたくさん食べるので野菜の消費も速い。

ちなみにどうやらカレンの手に触れた野菜だけがおいしくなるらしく、試しにクライドに収穫してもらったところ、その野菜は普通の味だった。

クライドは不思議がっていたが、カレンは確信した。これは精霊姫としての力であると。

「あー、トマトはこれで終わりかあ」

夕方、夕食に使うトマトを収穫していたところ、カレンはそれが最後のものだと気付いた。「また実がなればいいのに」とひとりごちたカレンはふと思う。

（これ、精霊姫の力でまた実らせることができないかしら）

試しにトマトの茎に触れ、もっと実るように念じてみる。すると、ポロン♪　と音がして、収穫した場所に次々と新たなトマトが実っていった。

カレンは目を瞠《みは》る。

（うわあ、すごい。これなら食べ放題だわ）

もしかしたら、季節外でも食べられるかもしれない。そう思ったが、それではさすがにクライドに怪しまれそうだ。

けれど、試してみたい。そんな思いに駆られたカレンは、裏庭に回って地面に手を触れ、りんごの木が育つように念じてみた。

すると。

カレンの目の前にザザザザッと音を立てて一本の木が生えた。そして枝を伸ばし葉を繁らせたかと思うと、真っ赤なりんごが次々と実っていった。

（え、嘘!?）

（ほ、本当に実った……）

カレンは呆然とりんごの木を見上げた。信じられない。種を蒔《ま》いたわけでもないのに。

（……肉が実った木なんかも育つのかしら。肉も作れるようになれば、助かるんだけれど）

試しに先程と同じことをやってみる。

――だが。

しーん。今度はいつもの音が聞こえず、木も生えてこない。どうやら、現実にないものを生やすのは無理らしい。

（でも、これは新たな発見だわ。精霊姫の力ってすごいわね）

りんごも収穫し、カレンは家に戻った。厨房に立ったカレンは、流し台で野菜とりんごを水洗いする。

アップルパイでも焼こうか。アップルパイはクライドの好物だ。きっと、喜んで食べてくれるだろう。

その笑顔を想像するだけで、心がほわほわと温かくなる。

（……婚約なんて破談になってしまえばいいのに）

そんなことを思ってしまう。カレンはクライドと一生一緒に暮らしたい。義妹としてで構わない。ただそれだけでいいから。

けれど、それは叶わないことを知っている。

クライドのことを異性として意識しはじめたのは、出逢った時からだ。太陽のように明るく優しい彼にカレンは惹《ひ》かれた。兄だなんて思ったことは一度もない。

クライドがオールディス家の養子に来なかったら。そうしたら、恋人になる道もあっただろうか。

……いや、違う。彼がオールディィス家の養子に来たから出逢えた。そうでなければ、この広い街で彼と出逢えたとは思えない。

（……もう考えるのはやめにしよう。アップルパイを焼かなきゃ）

カレンはアップルパイを焼き、夕食の準備に取りかかる。菜園のものではない食材を切っている時、ふと思った。

（そういえば、菜園のもの以外でもおいしくなるのかな？）

試しに食材においしくなるよう念じてみる。すると、ポロン♪　と音が聞こえた。

一口食べてみると。

「おいしい！」

どうやら、精霊姫の力は菜園のもの以外でもおいしくできるらしい。これも新たな発見だ。

そうして夕食の準備をして、クライドの帰りを待った。クライドはいつも通りの時間に帰って来て、早速と言わんばかりに食堂の椅子に座る。

「お、今日はトウモロコシの冷製スープとサラダか。楽しみだなあ」

「ふふ、夕食もおいしいよ。じゃあ食べよっか」

「おう。じゃあ両手を合わせて」

いただきます、とカレンとクライドは、揃って言ってから夕食を始めた。

「おお、うまい！　やっぱりお前はすごいな」

「いい肥料が見つかっただけよ」

「そうじゃなくてさ」

クライドはにこりと笑った。

「色んなものを調理できるお前がすごいってこと。だから毎日飽きずに食べられる」

「そ、そう？　お母様からたくさん料理を習ったからね」

「……そうだな。お義母さんの料理もおいしかった」

カレンもクライドもしんみりした気持ちになる。母も父もクライドのことを我が子同然に可愛がっていて、クライドが両親を慕っていたことはカレンも知っている。もちろん、両親はカレンのことも大切に育ててくれた。

「お義父さんもお義母さんも、お前の花嫁姿を見たかっただろうに……。早死にしちまったな」

「うん……」

「義両親の代わりに、俺はしっかりお前の花嫁姿を見る。あ、だからって急ぐ必要はないからな。結婚相手だ。いい相手かどうか、じっくり吟味《ぎんみ》するんだぞ」

「……うん」

胸がちくりと痛む。女性として、全く意識されていないことを感じるから。

俯《うつむ》くカレンにクライドは「ははっ」と笑った。

「なんかしんみりしちゃったな。せっかくの料理が台無しだ。明るく食べようぜ」

「そうだね。あ！　そういえば、今日はデザートにアップルパイがあるのよ」

「アップルパイ？」

クライドは不思議そうにした。

「この時季にりんごなんて売ってるのか？」

「実はね、裏庭にりんごの木が生えていて実がなっていたの」

「りんごの木ぃ？」

クライドの表情は、ますます不思議そうになる。

「この時季にりんごなんて実るか？」

「季節外れのりんごもあるわよ」

「そ、そうか……？　っていうか、ウチにりんごの木なんてなかったような……」

「種が飛んできて生えてきたのよ、きっと」

「いやいや！　育つの早過ぎだろ！」

「ちょっとずつ成長していたんじゃない？」

なんなら見てみる？　とカレンは席を立った。クライドも席を立ち、食事を中断して二人で裏庭に向かった。

「ほ、本当だ……」

クライドは呆然とした様子でりんごの木を見上げている。夜といってもこの季節は日が長いのでまだ明るく、はっきりとりんごの木が見えているようだ。

「ね？　本当でしょ？」

「あ、ああ……」

一体いつから生えていたんだ、とクライドはひとりごちている。ひとまず誤魔化《ごまか》せたところでカレンは笑った。

「さっ、家に戻ろう」

「そうだな」

二人は家に戻り、食事を再開した。外に出てうっすら汗ばんだ体に、トウモロコシの冷製スープは染み入る。

「ああ、そういえば、カレン」

「何？」

「一週間後、アデラが昼間ウチに来るそうだ。もてなしてやってくれ」

「え、昼間……？」

クライドには仕事がある。ということは、カレンに用があるということだ。

アデラはクライドの婚約者である。オールディス地方の現地方領主の家柄の娘で、一人娘のためクライドが婿入りすることになっている。

一体なんの用だろう。カレンは特に話すことはないのだけれど。

「分かった。何かお茶菓子を用意しとくわ」

「よろしく頼む」

そうして食事を終え、カレンは席を立って冷やしてあったアップルパイを切り分けた。そして皿に置き、自分の分とクライドの分をテーブルに乗せる。

「おお、うまそうだな」

「ふふ、今日のは自信作なの」

ナイフで切り分けるとさくっと小気味のいい音がする。フォークで一口大に切り分けたアップルパイを口に入れると、甘酸っぱい味が口内で弾け飛んだ。

「うーん、おいしい。我ながら上出来ね」

「どれどれ……おお、本当だ。うまい！」

本当においしかったらしく、クライドはおかわりまでした。その顔は幸せそうでカレンも嬉しくなった。

「はー、今日もおいしかった。ごちそうさまでした」

「はい。お粗末様でした」

カレンは食器を片付けるために席を立ち、クライドも入浴するために席を立つ。ぐっと背伸びしている彼に、カレンは釘を刺した。

「もう二度と半裸で現れないでよね」

「なんだよ、いいじゃないか。小さい頃は一緒に風呂に……って、入ってないか」

「当たり前でしょ！」

クライドと一緒にお風呂に入るだなんて、考えただけでも赤面ものだ。鋭く突っ込むカレンにクライドは不思議そうな顔をしながらも、浴室に向かって行ったのだった。

第2章　友達の家が大変だ！

「うわああん、カレン！　話を聞いて〜」
「あら、ケアリー」
翌日。家庭菜園で野菜たちに水を与えていたら、友人のケアリーがやって来て何やら泣きつ
いてきた。
ケアリーは街の学校でカレンと同学年だった、緩く波打った金髪を持つ小柄な少女である。
実家がケーキ屋を営んでいる平民だが、伯爵令嬢であるカレンに気負うことなく、フレンドリー
に接してくれる貴重な友人だ。
天真爛漫《てんしんらんまん》でいつも明るいケアリーが泣き言とは、ただ事ではない。腰を屈《かが》めていたカレンは、
しっかりと背筋を伸ばし、この世の終わりを迎えたかのような表情をしているケアリーに優し
く声をかけた。
「おはよう。どうしたの、ケアリー」
「あのねっ、家が大変なことになってて！」
「ええ？」
これはじっくり話を聞く必要がありそうだ。カレンはジョウロを棚に戻し、ケアリーを家に

招き入れた。

広間のソファーに座るようにケアリーを促して、カレンは台所で自分とケアリーの分のアイスティーを用意する。お茶菓子もあった方がいいと思い、昨日作ったアップルパイの残りを皿に乗せて、アイスティーと一緒に運んだ。

「はい。暑かったでしょう。まあ、とにかく落ち着いて」

「う、うん」

カレンはアイスティーと切り分けたアップルパイをケアリーの前に置き、自分の分もテーブルに置いて、ケアリーの向かい側のソファーに腰かけた。

ケアリーはアイスティーをグラスの半分ほど飲んで、コースターの上に置く。一息ついたところで、彼女は本題に入った。

「あのね、ウチの店の向かい側に新しいケーキ屋ができたこと知ってる？」

「そういえば、前に通りかかった時に何か建設中だったわね。え、ケーキ屋さんだったの？」

「そう。そこの店がねえ、異国風のケーキを売りにしていて、しかも店員がイケメンだらけ！女性客がウチから根こそぎ奪われちゃったのよ～！」

ケアリーの実家のケーキ屋は、こぢんまりとした小さな店だ。客を持っていかれたとあっては、経済的に大打撃だろう。彼女が泣きついてきたのも分かる。

「どうしよう、カレン……ウチ、潰れちゃうよお」

友人としてどんな言葉をかけてあげればいいのか分からない。俯くケアリーに、ひとまずカレンはアップルパイを勧めた。

「ほら、アップルパイでも食べて元気出して。自信作なの」

「アップルパイ？」

言われてケアリーは、目の前にあるのがアップルパイだとやっと気付いたようだ。相当気が動転していたのだろう。

「え、この時季にりんごなんて売ってるの？」

「実はウチの裏庭にりんごの木が生えていてね、実がなっていたの。季節外れのりんごみたいね」

「カレンの家にりんごの木なんてあったっけ？」

「どこかから種が飛んできたんじゃないかな」

「ふーん、そうなんだ」

あまり物事を深く考えないケアリーは納得した様子で、ナイフとフォークを手に取った。そして、アップルパイを一口大に切って口に運ぶ。

その瞬間、彼女は大きく目を見開いた。

「え!?　嘘、超おいしいんだけど!?」

「ふふ、言ったでしょ、自信作だって」

「ウチのよりおいしいよ！　カレンってこんなに料理上手だったの⁉」

「りんごがおいしいのよ。……って、あ！」

カレンはあることを思いついた。「ちょっと待ってて」と席を外し、台所に向かう。そこで余っていたりんごを切り分けると皿に乗せて、ケアリーの下に運んだ。

「ねえ、これも食べてみて」

「これがアップルパイに使ったりんご？」

「そう。すっごくおいしいから」

ケアリーはりんごにフォークを突き刺して口に運ぶ。一口、口に入れただけで、彼女はまた目を大きく見開いた。

「何これ⁉　超おいしい！」

「でしょ？　だからね、これを店で使ってみたらどうかな？」

「え、いいの⁉」

「うん」

カレンはにっこりと笑った。

「友達が困っているんだもの。力を貸したいわ」

「うわああん、カレン〜、ありがとう！」

「じゃあちょっと待ってて。りんごを採ってくるから」

カレンはそう言い置いて、外に出た。物置小屋から木箱を持ち出し、裏庭のりんごの木へ向かう。そして、木箱の中にりんごを次々と入れていった。

今ある分だけでは足りなかったので、精霊姫の力で新しく実らせながら収穫していく。そうして、木箱をりんごで溢《あふ》れさせた。

木箱を持ち上げると、ずっしりと重みがあった。それでもなんとか玄関先に運び、木箱を置く。

（う、重い……）

家に戻ると、ケアリーはアップルパイを平らげていた。

「ケアリー、りんごを木箱に入れておいたよ。重いから店まで一緒に運ぼう？」

「うん。本当にありがとね、カレン。このりんごなら絶対両親も気に入るはずだよ」

「ふふ、そうだといいんだけど」

二人は家を出た。置いてあった木箱を二人で持ち上げて、ケアリーの実家へ向かう。

カレンの家からケアリーの家までは、徒歩で十分はかかる。幸い朝で少し涼しいので、汗だくにならずに済んだ。

「あっ、あれがケアリーが言っていた新しい店ね」

異国風の店には、女性達が列をなしている。相当な賑《にぎ》わいだ。対して、ケアリーの店にはガラス窓越しに見る限り店内に客はいない。

「ただいま～、ママ」

店に入ると、ケアリーの母がいた。

「あら、ケアリー。もう帰って来たの？　それにカレン様も」

「おはようございます」

ケアリーの母は、二人が運んできた木箱を見て不思議そうに首を傾げた。

「こんな時季にりんご？　どうしたの、そんなにたくさん」

「あのね、ママ。これは救世主になるりんごなんだよ！」

「救世主？」

「奥にパパもいるんでしょ？　二人ともこのりんごを食べてみて！」

二人は木箱を厨房に運び込み、たくさんあるうちの一つのりんごをケアリーの父に切ってもらった。それを一口食べたケアリーの両親は、目を大きく見開いた。

「お、おいしい！」

「こんなにおいしいりんごは食べたことがない！」

「ふっふっ、そうでしょー」

ケアリーは我が事のように自慢げだ。しかしケアリーの両親は、そんな娘に構うことなく、カレンを見た。

「これはカレン様が……？」

「はい。ウチで採れたものです。よかったら、使って下さい」

この時季にりんごのケーキなど衆目を集めるはずだ。何よりこのりんごはおいしい。ケアリーの父ならば、さらにおいしく調理できるだろう。

「どう？　パパ」

「うむ。このりんごならおいしいケーキができるだろう。カレン様、感謝申し上げます」

ケアリーの両親は、深々と頭を下げた。カレンは慌てて「そんな、頭を上げて下さい」と声を上げた。

「ケアリーさんにはお世話になっていますから。そのお礼です」

「本当にありがとうございます」

顔を上げたケアリーの父は、白いパティシエの制服の袖をまくり上げた。

「よし、早速アップルパイを作ってみよう。カレン様、是非食べていって下さい」

「あ、じゃあカレン、私の部屋においでよ。久しぶりに二人でゆっくり話そ？」

「そうしなさい。ケアリー、カレン様を家に案内して」

「はーい」

ケアリーの母に促されて、カレンはケアリーの家に上がることになった。ケアリーの家は、一階が店で二階が住居だ。外にある階段を使って二階に上がり、ケアリーの部屋にお邪魔した。

「じゃあ、アイスティー持ってくるからくつろいでて」

そう言ってケアリーは部屋を出ていく。

ケアリーの部屋は、桃色を基調とした調度品で揃えられていて女の子らしい。木製のシックな調度品で揃えているナチュラル志向のカレンの部屋とはまた違う。

よって、なんだか落ち着かない。

「はい、お待たせ」

「ありがとう、ケアリー」

アイスティーを受け取ったカレンは、一口飲んだ。よく冷えたアイスティーは、熱くなっている体によく染み入る。

ケアリーは、猫脚の白いテーブルを挟んで向かい側の椅子に腰かけた。

「今日は突然押しかけちゃってごめんねえ。元気にしてた？」

「うん、元気だったよ。ケアリーは……大変だったよね、お店のこと」

「そうだね。急に客足が途切《とぎ》れたんだもん、びっくりしたよ」

「今だけよ。今は物珍しいからあっちに人が行ってるだけ。おじさんの腕が負けているわけじゃないわ」

優しく笑いかけると、ケアリーは感極まった顔でテーブル越しにカレンに抱きついてきた。

「わっ、ちょっとケアリー」

「うわあぁん、本当にありがとね、カレン！」

「わ、分かったから」

アイスティーがこぼれてしまう。ケアリーの分のアイスティーのグラスを押さえながら、カレンはケアリーの背中を優しく擦った。

やっと体を離してくれたケアリーは、「えへへ」と笑う。

「カレンと友達でよかった」

「私の方こそ……ケアリーには救われたよ」

街の学校に通っていた時、伯爵令嬢だからと周りから遠巻きにされていたカレンにとって、気さくに話しかけてくれるケアリーの存在は嬉しかった。それは本来あり得ないことなのだろうけれど、嬉しかったのだ。

カレンは久しぶりにケアリーとの雑談に興じた。くだらない話で盛り上がっている中、

「ケアリー。アップルパイが焼けたからカレン様と下に来てくれる？」

ケアリーの母の声がした。ケアリーは「はーい」と返事をして、席を立つ。

「じゃあ行こっか」

「うん。あ、アイスティーごちそうさまでした」

カレンも席を立ち、二人で一階の厨房に向かった。店の注文口からすでに香ばしい、いい香りが漂ってきて、カレンは胸を弾ませる。

厨房に入ると、ケアリーの父から切り分けられたアップルパイを皿に乗せて渡された。同じようにケアリーも自身の父から皿を受け取る。

「いい香りですね」

「はい。おかげさまでおいしそうなアップルパイが焼けました。どうぞ、お召し上がり下さい」

促され、カレンはフォークをアップルパイに突き刺して口に入れた。さくっと小気味いい音が立ったかと思うと、りんごの甘酸っぱい味が口に広がる。

「すごい！　おいしい！」

カレンが作ったものよりもおいしい。やはり本職は違う。

ケアリーも興奮した様子だ。

「パパ、すごいよ！　これなら絶対売れるって！」

「そうだな。これもカレン様のおかげだ」

ケアリーの父は、再びカレンに頭を下げた。

「改めて感謝申し上げます、カレン様」

「そんな、いいですから。それよりもお店頑張って下さいね」

「はい。ありがとうございます」

カレンは彼ら親子と雑談しながらアップルパイを食べ終わり、やることがあるからと店を出ることにした。

「カレン、また家に行くからね」

「うん。いつでも来て。じゃあ失礼します」

見送りに出てきたケアリーの両親に軽く頭を下げて、カレンは帰路についた。


「へえ〜、そんなことがあったのか」

その日の夜。カレンが食器を洗っている傍《かたわ》ら、食堂のテーブルでクライドが枝豆をつまみにエールを飲んでいる。もちろん、枝豆は菜園のものだ。

「異国風の店、行列ができていてすごかったわ。そんなにおいしいのかな」

「あー、同僚から聞いたことがあるな。異国風のケーキを売りにしている店がうまいって」

「……ケアリーの家、大丈夫かな」

「大丈夫だって。あのりんごを渡したんだろ？　季節的に珍しいし、何よりうまい。親父さんなら上手く調理してくれるさ」

その言葉にカレンは、ケアリーの父が作ってくれたアップルパイの味を思い出す。あれはすごくおいしかった。クライドの言う通り大丈夫だと信じよう。

食器を洗い終えたカレンは、テーブルの椅子に座った。

「ところでお義兄様、あんまり飲み過ぎないようにね。ただでさえ、お酒に弱いんだから」

「まあそう言うなよ。明日はせっかく仕事が休みなんだからさ」

ぐびぐびとエールを飲むクライドの顔は、すでにうっすら赤い。今日はハイペースだ。枝豆がおいしいので、酒も進むのだろう。

「明日どこかに出かけるか？　食料品の買い出しなら荷物持ちくらいするぞ」

「ありがとう。それにケアリーの家も気になるわ」

「よし、じゃあ出かけるか」

ふとクライドはカレンを見た。端整な面差しにどきりとしてしまう。

「お前もどうだ？　エール」

酒を勧められ、カレンは苦笑した。一応、酒が飲める年齢になったのだが、どうにも苦手だからだ。

「いいわよ。私、苦いのがダメなの」

「まだまだお子様だなあ、カレンは。このうまさが分からないとは」

「分からなくて結構。枝豆さえ食べられれば、それでいいわ」

言いながら、カレンは皿に山盛りになっている枝豆に手を伸ばす。塩で味付けしているが、元々の食材がおいしいので塩は必要なかったかもと思う。実がぷりぷりとしていて歯応えもいい。

「そういえばお前、王宮舞踏会には行くのか？」

「ああ、そういえば、招待状が届いていたわね」

招待状に記されていた日時は、およそ二週間後だった。オールディス地方から王都までは馬車で三日あれば着くので、参加することはできる。

だが。

「いいわ。こんな暑い時期にドレスなんて着ていられないもの」

「ははっ、お前らしいな」

「お義兄様も当然参加しないでしょう？」

「ああ。俺は仕事があるからな」

今のカレンはクライド以外の男性には、興味がない。舞踏会というのは伴侶探しも兼ねているが、参加したところで無益なだけだ。それどころか、無駄に出費するだけである。

「あー、それにしても枝豆うまいな。結婚したらもう食べられなくなっちまうのか」

「……お義兄様はいつアデラさんと結婚するの？　婚約してからもう二年も経《た》つけど、結婚する動きが全然ないじゃない」

「あー、それはな……」

酔っているからだろうか。クライドは予想外の答えを返してきた。

「お前が結婚するまで結婚しないっていう条件を呑んでもらったんだ。お前一人を残して婿入りなんてできないだろ」

「え……？」

それは本当に予想外の答えで、カレンは目をぱちくりさせた。――カレンが結婚するまで結婚しない？

「ちょっと待って。それじゃあ、私が一生結婚しなかったら、お義兄様も一生結婚しないってこと？」

「ははっ、そういうことになるな」

「笑い事じゃないわよ！」

なんてことだ。カレンは一生独身を貫くつもりだったのに、クライドまでその巻き添えを食らうことになるなんて。

クライドのことは好きだ。一生一緒にいたいと思っている。けれど、クライドの幸せも同時に願っている。

「そんな条件、撤回してちょうだい！」

「なんだ～？　結婚できないと思ってるのか？　大丈夫、お前は可愛い。いつかいい相手が現れるさ」

優しい笑みを浮かべたクライドにぽんぽんと頭を軽く叩かれ、カレンは押し黙るしかなかった。

（お義兄様がそんな風に考えていたなんて……）

知らなかった。せいぜい、カレンが十六歳で成人するまでの期間だと思っていた。だからもうカレンが成人した以上、近いうちに結婚するだろうと心の準備をしていたというのに。

（私は誰か他の人を探して結婚した方がいいの……？）

その方がクライドのためになるかもしれない。けれど、心はそう簡単に割り切れない。

クライド以外の男性と結婚するなんて嫌だ。相手にも失礼だろう。他の男性を想って結婚するだなんて。

どうしたらいいのか分からない。悩み迷っているうちに、クライドは枝豆を平らげてエールも飲み切った。顔はもう真っ赤である。

「なんだか眠くなってきた。俺、部屋に戻る。……おっと」

「あ、お義兄様！」

席を立ったクライドの足取りはおぼつかない。カレンも席を立ち、ふらふらとしている彼の体を支えた。

「おお、ありがとな、カレン」

「もう、だから言ったでしょ、飲み過ぎるなって」

「ははっ、枝豆がおいしいからさ〜」

カレンはクライドに肩を貸して、一緒に彼の部屋に向かう。この家は無駄に広いので、廊下を歩かなければいけない。

成人男性の重い体を支えながら、カレンはなんとかクライドの部屋に辿り着いた。扉を開け、クライドを寝台に導く。

「ほら、お義兄様……きゃっ！」

するど、足がもつれてしまい、クライドに押し倒される形でカレンは寝台に倒れてしまった。

呆《あき》れたことにクライドはすっかり出来上がっており、抱き枕のごとくカレンを抱き締める。

「カレーン、大好きだぞ〜」

「ちょっ、お義兄様」

カレンはどきどきしながらもがくが、成人男性に力では敵《かな》わない。必死にクライドの背中をバシバシと叩いた。

「お義兄様、離して！」

「カレン〜」

「何!?」

クライドはふっと笑った。

「俺が一生お前を守るからな」

「え……」

「たとえ世界中が敵になったとしても、俺だけはお前の味方だ。だから頼れよ〜」

「お義兄様……」

酔っているからこその本音だろう。嬉しくはあるが、切なくもある。クライドにとってカレンはあくまで義妹と突きつけられたようで。

だが、今はそれどころではない。どきどきして胸が破裂しそうだ。

「もう、お義兄様、離して！」

「うおっ!?」

クライドの股間を蹴り上げたことにより、クライドはカレンを離した。痛みに悶《もだ》えている隙にカレンは寝台から抜け出す。

クライドには申し訳ないが、これ以上は心臓が持ちそうにない。

「ごめんね、お義兄様。おやすみなさい」

カレンは部屋を飛び出し、扉に背中をつけて顔を両手で覆った。きっと鏡を見たら真っ赤になっていることだろう。頬が熱い。

（あー、びっくりした！）

思わぬハプニングだ。クライドは明日、今のことを覚えているだろうか。覚えているとしたら、どんな顔をして会えばいいのか分からない。

（……お義兄様の体、逞しかった）

あの腕に抱かれたら――などと考えたところで、カレンは頭をぶんぶんと横に振る。

（何を考えているのかしら。私ったら、はしたない）

まだどくん、どくんと脈打ってる心臓を宥《なだ》めながら、カレンは食堂に戻ってクライドが飲み食いしていた食器の後片付けをした。

そして自室に戻り、いつものように日記をつけた。書き終わったら日記帳を閉じ、カレンもまた寝台に横になる。

朝からケアリーとりんごの木箱を運んだりもしたし、疲れていたのだろうか。すぐに眠気が襲ってきて、カレンは瞼《まぶた》をそっと閉じた。


そして翌朝。

「うー、頭いてえ……」

「飲み過ぎるからよ、まったく」

カレンは水を入れたグラスをクライドに差し出した。ここは食堂。普段着に着替えたクライドが椅子に座って頭を押さえている。

この調子では、昨夜のことを覚えていなさそうだ。クライドが二日酔いになった時には、必ず昨夜の記憶が飛んでいる。

そのことに内心ほっとしながら、カレンも椅子に座った。

「さっ、朝食を食べましょ」

今日はカリカリに焼いたベーコンに卵焼き、チーズを乗せたパンに新鮮なサラダだ。サラダは言わずもがな、菜園のものを使っている。

「それにしても、今年は大収穫だな。いつもなら、そろそろ無くなってる頃じゃないか？」

「う、うん。そうだね。今年は天候がいいのかも」

本当は精霊姫の力で実を増やしているだけだけれど。しかし、真実は言えず、言葉を濁すしかなかった。

クライドもそれ以上は突っ込んでこない。サラダを口にして、「うまいな〜」と至福の顔をしている。

その顔を眺めながら、カレンはチーズを乗せて焼いたパンにかじりついた。

（菜園以外のものもおいしくできるんだけど……やったら怪しまれそうだからなあ）

なんと言い訳をしたらいいのか分からない。よって力を使わずにいる。

ふとクライドはカレンを見た。

「今日は食料品の買い出しと、ケアリーちゃんの家に行くんだっけか」

「うん。いつ行く？」

「午前中のうちに行こう。少しでも涼しい方がいいだろ」

「そうだね」

確かに日差しが厳しい中、外を歩くのはつらい。最近、ますます暑くなってきたのでなおさらだ。

二人は食事を済ませ、カレンは食器の片付けと洗濯、そして菜園に水やりをして出かけることにした。

家をしっかり施錠したら、石畳で舗装された道を二人並んで歩く。

「買い出しとケアリーちゃんの家、どっちに先に行く？」

「ケアリーの家にしよう。そっちの方が近いから」

「分かった」

道にはまばらに人がいる。閑静な住宅街なので、これでも人通りが多いほうだ。みな、カレン達のように、朝の涼しいうちに用を済ませようと思っているのかもしれない。

ケアリーの家には、この道を真っ直ぐ進めば着く。カレンはクライドと談笑に興じながら、ケアリーの家を目指した。

すると。

（え⁉　嘘⁉）

ケアリーの家の前に辿り着いたカレンは、目の前の光景に目をぱちくりさせた。というのも、なんと行列ができていたからである。

「なんだ、賑わってるじゃないか」

「う、うん」

外に並んでいる客にケアリーが何か配っている。忙しく働いている彼女に、悪いと思いながらもカレンは声をかけた。

「ケアリー」

「はい？　って、カレン！　おはよう〜。あ、クライドさんも」

「おはよう。あの、どうしたの、この行列」

「ふふーん、これ！」

ケアリーが持つトレイには、一口大に切り分けられたアップルパイが乗った紙の小皿が並んでいた。それに何やら飲み物が注がれた小さな紙コップもある。

「試食品！　昨日の午後から道行く人に配りまくっていたら、口コミで広がったみたいで朝からこの行列なのよ〜！　本当にカレン、ありがとう！」

試食品。なるほど、その手があったか。さすが商売をやっている家は、戦略をよく考えている。

カレンは心からの笑みをケアリーに向けた。

「そうだったんだ。よかったね」

「うん。あ、クライドさん、店員やって下さいよ〜。目には目を！　イケメンにはイケメンを！」

ケアリーの突然の提案にクライドは苦笑した。

「ははっ、ごめんな、ケアリーちゃん。警吏官は副業禁止なんだよ」

「え〜、そうなんですかあ。残念」

「まあまあ、ケアリー。アップルパイ、買っていくから」

「あ、じゃあ今から中に……」

「ダメよ。ちゃんと並ばなくちゃ。ねえ、お義兄様？」

隣に立っているクライドを見上げると、クライドは笑顔で頷《うなず》いた。

「そうだな。ルールは守らないと」

「分かりました〜。じゃあはい、アップルパイとアップルティー」

「え、アップルティー？」

「うん。ママがね、余ったりんごの皮を使ってアップルティーを作ったの。せっかくおいしいりんごだから、もったいないって」

「そうなんだ。そっか、アップルティーか」

その発想はなかった。アップルパイを作った時、皮を捨ててしまったのでもったいないことをした。

カレンとクライドは、ケアリーからアップルパイとアップルティーを受け取り、彼女と別れて列に並んだ。

紙コップに鼻を近付けてみると、りんごのいい香りがする。一口、口をつけたカレンは、あまりのおいしさに目を見開いた。

「おいしい！」

「ん？　アップルパイか？」

「アップルパイもおいしいだろうけど、アップルティーよ。さっぱりしていておいしい」

「どれどれ……あ、本当だ」

クライドはアップルティーを香りを嗅《か》ぐことなく一気に飲み干してしまった。もったいない。いい香りだったのに。

「熱い体に染み入るなあ。アップルパイも食べてみるか」

そう言って、クライドはアップルパイも口にした。先日カレンが作ったものと大差ないと思っていたのだろう。食べた瞬間、「ん!?」と目を見開いた。

「うまいな、これ！」

「そうでしょ？　やっぱり本職は違うわよね」

カレンもアップルパイを口に運ぶ。すると、昨日の試作品よりもさらにおいしくなっていて驚く。

（おじさん、やっぱりすごいわ。お菓子作りには自信あったけど、本職には敵わないわね）

ともかく、お店が賑わいを取り戻せてよかった。それどころか、以前より繁盛しているのではないだろうか。

道を挟んで向かい側の異国風の店を見ると、そちらにも行列はできている。だが、こちらをちらちらと見ている人が多いので、彼らももしかしたら寄っていくかもしれない。

「よかったな、カレン。友達の家が繁盛していて」

「うん。りんごをあげてよかった」

友人の力になれて嬉しい。

二人は雑談をしながら、順番を待ったのだった。

第3章　菜園に精霊が来た

「ふう、一息つけるわね」

翌日。無駄に広いオールディス家を掃除し終わったカレンは、掃除用具を片付けて広間のソファーで一人呟《つぶや》いた。

もうすぐ正午だ。今日は何を食べよう。そんなことを思っていると、家の呼び鈴が鳴った。

「はーい」

急いで玄関に赴くと、そこに立っていたのは、泣きそうな顔をしたケアリーだった。

「あら、ケアリー。どうしたの」

「カレン～、りんごが無くなりそうだよお」

「え!?　もう!?」

木箱いっぱいにりんごを詰めたはずだが、昨日よほど繁盛したのだろう。もう無くなりそうなのか。

せっかく商売が軌道に乗りそうなのに、ここで客足が途切れてしまってはもったいない。カレンは笑った。

「任せて。まだりんごはあるから」

「本当!?　ありがと～」

「採ってくるから家の中で待ってて」

はーい、と言ってケアリーは家の中に入っていった。広間の場所は分かるはずなので、案内しなくても大丈夫だろう。

カレンは外に出て物置小屋から木箱を引っ張り出した。それを持って裏庭へと行く。

りんごの木には、真っ赤なりんごがいくつも実っている。しかし、それだけでは足りないので、精霊姫の力で再び新しく実らせながら木箱に入れていった。

このことはクライドには内緒にしていた方がいいだろう。「大収穫だった」では言い訳が苦しい。さすがに怪しまれそうだ。

そんなことを考えて作業していたら、後ろから近付いてくる気配にまったく気付かなかった。

「カ、カレン……？」

「え？」

名前を呼ばれ、後ろを振り向いたカレンは、言葉を失った。なんとそこには、驚きに目を瞠っているケアリーが立っていたのだ。

「ケ、ケアリー。どうしてそこに」

「りんごをどんな風に採っているのか見学しに来たんだけど……ええ？　嘘、カレン、もしかして……」

まずい。バレたか。

そう思って、身構えるカレンに、ケアリーはほわりと笑った。

「りんご実らせお姉さんだったんだね！」

「え？」

「だって、りんごが新しく実っていたじゃない。すごいね〜、カレンってそんな力があったんだ！」

カレンはずっこけそうになった。りんご実らせお姉さんって。

（で、でも助かった。精霊姫ってバレたかと思った）

だが、よくよく考えてみると、ケアリーが気付かないのも無理はない。精霊姫の力というのは、公表されていない。新しい精霊姫がいる以上、そこに結びつけるのは難しいだろう。

「ケアリー、内緒よ？」

「えー、なんで？　すごいじゃん」

「周りにバレて悪用されたら大変でしょ。私が誰かに攫《さら》われて、延々とりんごを作らされたりしたらどうなる？」

誰かに誘拐されるという言葉に、ケアリーの顔はみるみるうちに真っ青になった。

「それはダメっ！　分かった、内緒にするって約束する」

「ありがとう、ケアリー」

ケアリーは天真爛漫な子だが、約束したことは必ず守る義理堅い人間だ。きっと、言い触らしたりはしないだろう。

「クライドさんにも内緒なの？」

「うん。お義兄様にも内緒」

「ふーん、分かった」

ケアリーは、カレンがりんごを新しく実らせながら収穫していく様子を興味深そうに眺めている。思わぬ人物に能力がバレてしまったが、相手が物事をあまり深く考えないケアリーでよかった。これがクライドなら、もしかしたら精霊姫だと勘づかれたかもしれない。

と、考えたところで、ふと思う。もし、クライドがカレンは精霊姫だと気付いたらどうするだろうか。精霊教会に知らせるのか、それとも黙っていてくれるのか。

そんなことをつらつら考えながら作業していたら、あっという間に木箱がりんごでいっぱいになった。カレンは梯子《はしご》から下り、木箱をケアリーと一緒に運ぶ。

「ねー、ねー、いつから使えるようになったの？　あの力」

「うーん、最近かな」

「へえ～、そうなんだ。りんご食べ放題でいいなあ」

平和な言葉にカレンは苦笑するしかない。自分も同じようなことを考えたが、他人が言っているのを聞くと能天気だなあと思ってしまう。

（……でもそうよね。もし、悪い人にバレたら悪用される可能性もあるのよね。気を付けなくちゃ）

もしかしたら、だから精霊姫は精霊宮という安全な場所で暮らすのかもしれない。市井で暮らしてはいけないというのも、精霊姫の身の安全を考えてのことかもしれなかった。

新しく名乗り出た人というのは、本物なのだろうか。もし、偽者なら周りから力を示せと言われたら困っていそうだ。

そんなことを考えていたら、ケアリーの家に着いた。店の前には昨日よりも行列の人数が増えており、いかに賑わっているのかが分かる。

「カレン、裏口から入ろ」

「うん、そうだね」

裏口は厨房に繋がっている。店の前はこの人だかりだ。避けるのが無難だろう。

二人は裏口に回り、厨房に木箱を運んだ。

「パパ～、りんごもらってきたよ」

「ああっ、カレン様。重い物を持たせてすみません」

ケアリーの父は、慌てた様子でカレン達の下まで来た。

「本当にありがとうございます。おかげさまで助かっていますよ」

「お力になれてよかったです」

「どうかこれをお納め下さい」

「え？」

手に握らされたのは、お金だった。それも結構な金額だ。カレンは目を瞠った。

「そんな、受け取れません。こんな大金」

「前回の分も含めてあります。こんなにおいしいりんごを提供していただいているのですから、妥当な金額ですよ」

「でも……」

渋るカレンの肩にケアリーがぽんと手を置いた。

「受け取ってよ、カレン。これからこのりんごにウチはお世話になるんだしさ」

ということは、これからもこのりんごを使ってくれるという意味だろう。つまりは商売としての取引というわけだ。

そういうことなら、とカレンはお金を財布にしまった。

「じゃあ私はお邪魔になりますから、帰りますね」

「なんのおもてなしもできず、すみません。どうか気を付けてお帰り下さい」

「私も外で試食品配らなきゃ。じゃあね、カレン。本当にありがと〜」

カレンは裏口から出て、帰路についた。空は快晴だ。暑くて手で顔を扇がずにはいられない。

家に着いたカレンは、台所でアイスティーを作って広間に運んだ。一口、口をつけてから、財布からケアリーの父から受け取ったお金を出してテーブルの上に並べる。

それを眺め見たカレンは、ふむと腕を組んだ。

（こういう稼ぎ方もあるのね）

精霊姫の力は、思ったより便利なもののようだ。これならば、一人になってもやっていけるかもしれない。

クライドは、カレンが結婚するまで結婚しないという。けれど、カレンは独身を貫きたい。本音ではクライドと結婚したいが、それが叶わぬのであれば独身を貫きたい。

なんとしてでも、クライドに例の条件を撤回させねば。今日の夜、直談判しよう。そう決め、カレンはアイスティーを一気に飲み干した。

そして夕方。カレンは外に出た。

菜園の野菜に水を与えるためだ。この時季、すぐに土が乾いてしまうので、一日二回水やりをすることにしている。

ジョウロに水を入れて菜園に向かったカレンは、目をぱちくりさせた。というのも、トマトが植えられている場所に、見慣れぬ黒いものがあったのだ。

（何かしら。虫にしては大き過ぎるような……）

得体の知れない黒い物体を、カレンは背後からそっと持ち上げる。軽い。

くるりと物体をひっくり返すと、なんと。

「え⁉　竜⁉」

それは子供の竜だった。黒い鱗《うろこ》にぱっちりとした青い瞳をしており、トマトの実をかじっていたらしく、口周りにはトマトの汁がついている。

ちなみに竜とは精霊である。カレンも図鑑で見たことがあるだけで、実際に見るのは初めてだ。

（わあ、竜ってこんな感じなんだ。可愛い〜）

もしかして、精霊姫の力に引き寄せられて現れたのだろうか。可能性は十分ある。

子竜は抱っこしていても、嫌がる様子を見せなかった。つぶらな瞳で黙ってカレンを見上げている。

それにはカレンは眉尻を下げた。

（……。……どうしよう）

カレンに見つかっても、離れていく様子がない。まるで拾ってくれと言わんばかりだ。

子竜と見つめ合っていたカレンは、ふと気付いた。よく見たら子竜の体には砂埃がついている。どこか遠くから飛んできたのだろうか。

（……とりあえず、洗ってあげようかな）

子竜を抱っこしたまま、ジョウロで菜園に水をやってから、カレンは家に戻った。

浴室に向かい、ついでに自分も入浴することにして服を脱いだ。

バスタブにはすでに湯が張ってある。そこから手桶で湯をすくい、子竜の体についている砂埃を洗い流そうとした。――が。

「きゅう！」

「あ、待って！」

子竜は突然暴れだし、カレンの手から逃れてぱたぱたと浴室から飛んで出ていってしまった。暑いからと扉を開けていたことが仇となった。

カレンは体にバスタオルを巻き、慌てて後を追いかける。

「待ちなさ……って、あ!?」

浴室から廊下に出たカレンは、足を止めた。なんとそこには、子竜を肩に乗せたクライドが、目を丸くして立っていたからである。

「よ、よう。ただいま」

「お義兄様!?」

普段ならまだ仕事から帰って来ない時間だ。それなのにどうして。

呆然としていたカレンだが、クライドの視線が胸元に向けられていることに気付いてはっとする。自分がどんな格好をしているのか思い出したカレンは、「きゃあ！」と顔を真っ赤にして柱の陰に隠れた。

沈黙が流れる。気まずい場の雰囲気を和《なご》ませるためか、クライドはおどけてみせた。

「発育がいいな～。セクシーだぞ」

「お義兄様のエッチ！」

どこを見ているんだ、と突っ込みを入れたい。

「……で？　なんで竜がウチにいるんだ？」

「菜園のトマトを食べていたのよ。それで捕まえたら体が薄汚れていて、洗ってあげようとしたら逃げ出したの」

「へえ～、水が苦手なんだな」

クライドはカレンの正面にやって来て、肩に乗っていた子竜を差し出した。受け取ったカレンは、逃げるように浴室に戻った。今度はしっかりと扉を閉めておく。

お湯が入った手桶でタオルを濡らし、カレンは子竜の体を優しく拭き上げた。水が苦手というならこうするしかないだろう。

何度も何度も繰り返し、砂埃を拭き取っておとなしくしていた子竜の頭を撫でる。

「いい子だったわね。さあ、行っていいわよ」

カレンは浴室の扉を開け、子竜を解放した。自分の体が綺麗《きれい》になって嬉しいのか、子竜は「きゅう！」と甲高く鳴きながら浴室を飛んで出ていく。

カレンが入浴している間は、クライドが面倒を見てくれるだろう。そのクライドの顔を思い出し、カレンは両手で顔を覆った。

（あ～、恥ずかしい格好を見られた！）

不覚だ。嫁入り前の娘が、異性にあんな姿を見られてしまうなんて。

でも、と思う。

（……お義兄様、全然動揺していなかったな。私ってそんなに魅力がないのかしら）

カレンは自分の体を見下ろす。自分で言うのもなんだが、胸はふっくらしているし、ウエストはきゅっと引き締まっている。きちんと女性らしいメリハリのある体だ。

ということは、やはり義妹としてしか見ていないということだろう。そのことにカレンは、ちくりと胸が痛む。

分かっていたことではないか、と自身を宥めながら、手桶のお湯で体を洗い流す。髪を洗った後、ゆっくりと湯船に浸かって、カレンは今日の疲れを癒した。

思っていた通り、クライドは子竜の面倒を見ていてくれた。カレンが風呂から上がると、クライドは広間のソファーに座り、子竜を高い、高いしていた。

「よう、風呂から上がったか」

「……さっきは、はしたない格好を見せてごめんなさい」

「ははっ、気にするな。目の保養だったから」

「もうっ」

やはりクライドに気にしている様子はない。こちらは顔を見るのも恥ずかしいというのに。

「しっかし、精霊まで呼び寄せるなんて、お前の菜園はすごいな〜」

「この子、どうしよう」

「飼えばいいんじゃないか？」

「そんな、罰当たりな……」

この国では、精霊とは崇拝の対象である。それを飼うとは、罰当たりも甚《はなは》だしい。

「って言ってもなあ……飼うしかないだろ。逃げる様子を全然見せないぞ、こいつ」

「それは分かっているけど」

「じゃあ精霊教会に差し出すか？」

「え、精霊教会……？」

カレンは思わずぎくりとする。精霊教会に連れていって、何故現れたのかと怪しまれ、カレンが精霊姫とバレたら大変だ。

「か、飼おうか。可愛いし」

「そうだな」

「名前はどうする？」

「んー、雄だし、チャドなんてどうだ？」

「いいわね。じゃあチャドで」

名前が決まったところで、カレンは疑問に思っていたことを訊《たず》ねた。

「ところでお義兄様、どうして今日はこんなに帰りが早いの？」

「ああ。今日、強盗事件があってな、民間人を庇《かば》って怪我しちまって。今日は早く上がるように言われたんだ」

「え!?」

クライドは子竜を離し、制服の袖をまくって左腕をカレンに見せた。そこには包帯が巻かれている。

「大丈夫なの!?」

「心配するな。ナイフが少しかすっただけだから。ちょっと縫ったけどな」

「強盗事件なんて物騒ね……」

この平和な街で事件だなんて珍しい。

クライドは真面目な顔でカレンを見た。

「お前も気を付けるんだぞ。昼間、一人で家にいるから」

「この家にお金なんてないわよ」

この家の古びた外観を見て、強盗に入ってくる輩《やから》はいないだろう。

クライドはおかしそうに笑った。

「ははっ、それもそうだ」

「それよりも痛みはないの？」

「今は医者が処方してくれた痛み止めが効いているから大丈夫だ。でもそれが切れたら痛くなるかもしれないから、薬を用意しておいてもらえるか？」

「分かったわ」

カレンは戸棚から救急箱を取り出した。痛み止めの薬が入っている瓶を確認すると、数錠しか入っていないことに気付く。

（あら。新しく買って来ないと）

明日薬屋に行こう。そう思いながら、瓶をテーブルに置いた。

「はい。ここに置いておくから、痛くなったら飲んでね」

「おう、ありがとな」

救急箱を戸棚に戻して、カレンもソファーに座った。

「ところで、お義兄様。話があるんだけど……」

「ん？　なんだ？」

クライドはまくり上げた袖を直して、再び子竜を抱っこする。子竜に嫌がる様子はなく、おとなしくされるがままでいる。出会ったばかりだが、なついている様子だ。

昔からクライドはそうだった。動物にすぐなつかれてしまうのだ。捨て猫なんかも、クライドの前ではすぐ心を開く。

きっと何か動物に分かる包容力があるのだろう。そんなことを思いながら、カレンは話を切り出した。

「あのね、お義兄様の婚約の条件についてなんだけど」

「婚約の条件？」

「そう。……私が結婚するまで自分もしないっていう条件なのよね？」

それにはクライドは驚いた顔をしてカレンを見た。その目は、なんで知っているのかと言わんばかりだ。やはり、酒に酔って話したことを覚えていないらしい。

「俺……お前に話したか？」

「一昨日の夜に」

「あー、酔っ払ったもんなあ、俺」

あちゃー、と言わんばかりにクライドは天を仰いだ。酒に酔っての失態だったらしい。カレンに話す気はなかったようだ。

「で、それがどうした？」

「その条件、撤回してほしいの」

「なんで？」

「えっと……独身を貫きたいから」

正直に話すと、クライドは目をぱちくりさせた。

「お前、将来の夢はお嫁さんだって言ってたじゃないか」

「き、気が変わったのよ」

「……あのな、カレン。真面目な話だからよく聞け」

クライドは真剣な顔になってカレンを見た。

「お前が嫁入りする前に俺が婿入りすると、オールディス伯爵家は無くなる。だからお前は平民になるんだぞ」

「構わないわよ、そんなの」

むしろ平民になった方が気楽なくらいだ。貧乏貴族というややこしい枷が無くなってありがたい。

けれど、クライドの真剣な顔は変わらない。

「平民になったら、微々《びび》たるものだが、今までのように貴族税も入らなくなる。お前、どうやって生きていくつもりだ」

「働けばいいじゃない」

「働くっていうのは、そう簡単なことじゃない。一人分の食い扶持《ぶち》を稼ぐことがどんなに大変なことか分かってるのか？」

「大丈夫よ」

カレンには精霊姫の力がある。この力を上手く使えば、一人で暮らしていくお金を稼ぐことなどなんてことないはずだ。

もちろん、それはクライドには言えないが。

「俺は反対だ。だいたい、お前を平民にするだなんて義両親に申し訳が立たない。俺がなんのために養子に入ったと思っているんだ」

「だって、私が一生独身を貫いたら、お義兄様が結婚できないのよ？　それでいいの？」

「ああ、構わない」

「え……？」

それは思いもよらぬ返答で、カレンは戸惑った。

「ア、アデラさんはどうなるの？　好きなんでしょう？」

「………」

クライドは難しい顔をして沈黙したままでいる。なんだろう。他にも何かカレンに知らされていないことがあるのだろうか。

クライドはしばらく押し黙っていた後、ふと子竜を膝から下ろして立ち上がった。

「……とにかく、条件は撤回しない。俺、風呂に入ってくるから」

そう言って、クライドは広間から出ていった。残されたカレンは、膝によじのぼってきた子竜を抱っこしながらため息をつく。

説得できなかったか。だが、確かに父はもしもの時を考えて、クライドを養子にした。そのことを理解しているクライドが、カレンが平民になることを了承するはずがない。

(……将来の夢はお嫁さん、か)

懐かしい言葉に、カレンは子供の頃のことを思い出した。

あれは、クライドがオールディス伯爵家に来て一年経った頃のことだろうか。クライドと共に川に釣りに行って、その時訊かれたのだ。

『カレンの将来の夢は何?』

『んーとねえ、およめさん!』

その時、思い描いていたのはクライドの花嫁だった。もちろん、そんなことは恥ずかしくて言えなかったけれど、クライドは優しく笑って言った。

『ははっ、じゃあ俺の嫁になるか?』

本当は嬉しい言葉だった。けれど、その時のカレンは素直になれず——。

『いやよ、おにいさまはびんぼうだもん。およめさんになるなら、もっとお金もちの人がいい』

『そっかー、フラれちゃったな、俺』

クライドはにこにこ笑っていたけれど、その胸中はどうだったのか。子供の頃のこととはいえ、失礼なことを言ってしまったと申し訳なく思っている。

(もし、あの時、素直にうんって言っていたら違う未来があったのかしら……)

いや、と思う。あれは義兄妹間の他愛ないやりとりだ。そんなことで運命は変わっていなかっただろう。そう思いたい。

カレンは大きくため息をついた。

(たられればを考えていても、仕方ないことね。さて、と。夕食の準備をしないと)

カレンは子竜を膝から下ろし、ソファーから立ち上がって台所に向かったのだった。


(結局、昨日は説得できなかったな)

翌日。カレンはそんなことを思いながら、街を歩いていた。痛み止めの薬を買うべく薬屋に向かっている最中だ。

午後なので日差しが強い。申し訳程度に風が吹いているが、熱気をはらんでいて暑い。肌からじんわりと汗が滲み出てくる。

(でも一生結婚できなくても構わないってどういうことかしら。てっきり、アデラさんが好きだから婚約したものだと思っていたけど、違うのかな……?)

まだカレンが知らされていないことがあるのだと感じる。今日はその辺りに食いついてみようか。

街を歩いていると、道行く人がカレンに頭を下げてくる。それを面倒だと思いながらも、カレンも一人一人に会釈《えしゃく》を返した。

行きつけの薬屋は家から徒歩で二十分程度の場所にある。入り組んだ路地を抜けて、その道の曲がり角に建っている。

薬屋に着くと、外から見る限り店はがらがらだった。そのことを不思議に思いながらも、カレンは店に入る。

強面《こわもて》の店主は、暇を持て余していたのか、椅子に座って本を開いていたが、客がカレンだと気付いて慌てて立ち上がった。

「ああっ、カレン様。いらっしゃいませ」

「こんにちは。あの、痛み止めの薬ってありますか?」

店主は申し訳なさそうに眉尻を下げた。

「すみません。在庫を切らしていまして……」

「え、鎮痛薬全部ですか?」

「ええ。実は鎮痛作用のある薬草が全く手に入らなくなっておりまして」

カレンはふむと考え込んだ。

(薬草……精霊姫の力で育てられるかしら?)

試してみるしかない。カレンは店主を見上げた。

「鎮痛作用のある薬草というと、例えば?」

「エルフライム草とかですかねえ」

「エルフライム草ですね。分かりました」

カレンは店を出て、来た道を引き返した。家に帰り着くと、菜園の空いているスペースに屈んで、手をかざす。

（エルフライム草、エルフライム草……）

念じると、ポロン♪　という音がして、青々しい草が次々と生えてきた。しかし、見た目は雑草と変わらず、カレンは小首を傾げた。

（これがエルフライム草……？）

分からないが、とりあえず採取して物置小屋から取ってきていた木箱の中に放り投げる。それを何度も何度も繰り返して、木箱いっぱいにエルフライム草が詰め込まれた。

それにしても暑い。今日は猛暑日だ。なんだか喉が渇いてきて、カレンは一旦家に入った。すると扉を開けた瞬間、留守番させていた子竜が喜んだ様子で飛んできて、カレンは子竜の体を抱き留めた。

「ただいま、チャド。いい子にしてた？」

「きゅうきゅう！」

頬を擦り付けてくる仕草が可愛らしい。よしよしと頭を撫でてやりながら、カレンは台所に向かった。そこで水をグラスで一気に飲み干して、ふうと息をつく。

「ごめんね、チャド。私、また出かけてくるから、お留守番していてね」

「きゅう……」

子竜はぶんぶんと振っていた尻尾を、下げてしまった。言われている言葉をしっかり理解しているのか、しょんぼりとしている。

まるで犬のようだ。カレンは苦笑する。

「すぐに帰って来るから、いい子にしていてね」

すると、子竜はぱたぱたと羽を羽ばたかせて広間に飛んでいった。広間のソファーでおとなしく丸まるのだろう。

カレンは再び家を出て、菜園の前に置いていた木箱を持ち上げた。中身がりんごではなく、薬草なので一人でも持ち上げられる。

そうして、また薬屋に向かった。

「あれ？　カレン様、いらっしゃい」

「あの、エルフライム草ってこれでいいですか？」

カウンターに木箱を置くと、店主は目を丸くした。

「こ、これはエルフライム草……！　どこでこれを⁉」

「知り合いにツテがあったもので、取り寄せてもらいました」

「え、この短時間で……？」

訝《いぶか》しげな店主にカレンは内心しまったと焦った。持ってくるのが早過ぎたか。

「あ、えーと、すぐ近くにいたものですから」

「ははあ、なるほど」

言葉ではそう言っているが、店主の顔を見る限り納得はしていないようだ。だが、それもエルフライム草を手に取って見て、驚きで吹っ飛んでしまったらしかった。

「これは…っ……なんと上等なエルフライム草！　これなら高品質の鎮痛薬が作れますよ！」

「それならよかったです。では、早速お願いしますね」

「はい！　……っと、その前に」

店主はお金を差し出してきた。それは想像以上に高額で、カレンは目をぱちくりさせた。

「え、こんなにいいんですか？」

「妥当な金額ですよ。こんなに上等なエルフライム草なのですから」

「ありがとうございます」

「こちらこそ、ありがとうございます！　やはり伯爵家の力は違いますなあ！」

「あ、あはは……」

本当はツテなんてないのだけれど。カレンは苦笑するしかなかった。

「では明日にはご用意できますので、申し訳ありませんが、また足を運んでいただけますか」

「え……明日？」

それでは困る。クライドは昨日の夜と今朝薬を飲んだため、もう痛み止めの薬がないのである。今日の夜と明日の朝の分の薬だけでも今欲しい。

「あの、二錠だけでいいですから、今すぐ作ってもらえませんか？」

「構いませんが、少しお時間がかかりますよ」

「大丈夫です」

留守番をしている子竜に悪いと思いつつも詰め寄ると、店主は「分かりました」と頷いた。

そして店主は奥に木箱を持っていって、そこに調剤師がいるのか、何か話しているのが聞こえる。

カレンはお金を財布にしまってから、店の脇に置いてある長椅子に腰を下ろした。

（薬草でも稼げるわね。これなら一人になっても大丈夫だわ、きっと）

だが、問題はそれをどうやってクライドに証明するかだ。精霊姫の力があるんですなどとは言えないし、かといって普通に働けますでは納得してくれないだろう。

何より、平民になることをよしとしてくれない。それにカレンが一生独身を貫くのなら、自分もそれに倣《なら》うという覚悟であるし――。

（……あれ？　ということは、一生お義兄様と暮らしたいっていう私の夢が叶う？）

そう一瞬思ったが、それではいけないとカレンは自身を戒《いまし》めた。そういう問題ではない。クライドの幸せを第一に考えなければ。

そんなことを悶々《もんもん》と考えていたら、鎮痛薬が出来上がった。店主に呼ばれ、カレンは椅子から立ち上がり、カウンターで料金を払って鎮痛薬を受け取った。

「では本当にありがとうございました、カレン様」

「いえ。また何か困ったことがあったら相談して下さいね」

そう言って、カレンは薬屋を出た。外は日が少し傾いており、風もほんのり涼しい。

(チャド、いい子にしてるかしら)

寂しがっていそうだ。賢いから、約束が違うじゃないかと帰ったら怒るかもしれない。

さてどうやって宥めようかと思案しながら、カレンは帰路についた。


「あ、カレン～」

「ケアリー、今日も繁盛しているみたいね」

帰り道、カレンはケアリーの家の店に立ち寄っていた。子竜にお詫びのアップルパイを買っていこうと思ったからだ。

店の前には、数日前と変わらず行列ができている。だが、夕方だからか、人の数は幾分少ない。

「はい♪　試食品のりんごケーキとアップルティー」

「りんごケーキ?」

「そう。パパが新しく作ったの。今が稼ぎ時だって言って気合入ってたよ」

「そうなんだ。へえ〜、おいしそう」

カレンは試食品を受け取り、りんごケーキを食べた。スポンジの間にふんだんにりんごが使われており、生クリームを塗って上にはさらに半月切りにされたりんごが乗っている。アップルパイとはまた違ったおいしさで、カレンは顔を綻《ほころ》ばせた。

「すっごくおいしいわ。おじさんの腕はすごいね」

「それもカレンのおかげだよ。明日もりんごもらいに行くからね。大丈夫？」

「お義兄様がいない時なら大丈夫だよ。じゃあ」

ケアリーに手を振ってカレンは列に並んだ。アップルティーを飲み、渇いた喉を潤す。

しばらく時間がかかったが、店の中に入ることができて商品も品切れではなかった。

「あら、これはカレン様」

「こんにちは。繁盛していますね、お店」

「カレン様のおかげですよ。本当にありがとうございます」

「いいえ、おじさんの腕がいいからですよ」

ケアリーの母ににこりと笑って返し、カレンはりんごケーキを三個買った。アップルパイにするつもりだったのだが、せっかくの新作だ。試食品もおいしかったし、試しに買ってみることにした。

「では失礼します」

「ありがとうございました」

店を出ると、空は夕暮れに染まっていた。思ったより時間がかかってしまった。

急いで家に帰ると、想像通り子竜は大変ご立腹だった。出迎えにも来ず、広間のソファーの上で丸まっていて、声をかけてもつんとそっぽを向く。

カレンは苦笑するしかなかった。

「ごめんね～、思ったより時間がかかっちゃって」

「………」

「お詫びにりんごケーキ買ってきたから許して、チャド」

りんごケーキという響きに子竜の耳がぴくりと動いたのを、カレンは見逃さなかった。ケーキが入った箱を子竜に見せる。

「これだよ、チャド。おいしそうな香りがするでしょ？　後で一緒に食べようね～」

「きゅう！」

ご機嫌取りは成功のようだ。子竜はぱたぱたとカレンの腕まで飛んできて、嬉しそうに抱かれた。頬をすりすり擦り付けてくるのが可愛らしい。

「じゃあまずは一緒にお風呂に入ろうか」

「きゅ!?」

「あはは、大丈夫、チャドは体を拭くだけだから」

カレンは子竜を腕に抱えたまま、浴室に向かった。バスタブに湯を張り、扉を閉めてから服を脱いで手桶で湯を汲んでタオルを濡らす。

子竜の体を拭いている間、子竜はおとなしくされるがままでいた。嫌なことはされないと分かっているのだろう。

「はい、終わったよ」

「きゅう！」

子竜を解放したら、今度はカレンが全身を洗って湯船に浸かった。暑いので水風呂でもいいくらいだが、体は温めた方がいいと亡き母から教わったので、入浴する時は必ず湯だ。

実際、血行がよくなっていくのを感じる。体が芯からぽかぽかしてきた。

(今日は説得できるかしら、お義兄様)

諦めるつもりは毛頭ない。何度だって食いついてみせる。

決意を新たにカレンは、湯船から上がって体を拭いてから着替え、浴室を出た。

そろそろ夕食の準備をしなければならない。カレンは一旦外に出て、菜園から野菜を収穫して台所に戻った。

夕食を作って、広間でクライドの帰りを待っていると、いつも通りの時間にクライドは帰って来た。

「おかえり、お義兄様」

「ただいま。今日は何もなかったか？」

「う、うん」

まさか、薬屋で薬草が不足していたのでエルフライム草を栽培して卸《おろ》しました、とは言えない。

「お義兄様こそ、腕は大丈夫なの？」

「ああ。痛み止めの薬が切れてきたのか、今少し痛い。痛み止めの薬、薬屋にあったか？　行ってきたんだろ？」

「ああ、うん。二錠だけなんだけど……」

「二錠？」

「最近まで薬草が不足していて作れなかったんだって。でも、明日には用意できるらしいから大丈夫よ」

そうか、と言いながらクライドは、カレンの腕の中にいる子竜の頭を撫でる。

「あ、そういえば帰りにね、ケアリーの家に寄ってきたの。新作のりんごケーキが売っていたから買ってきたわよ」

「へえ、新作か。楽しみだな」

「夕食の後にみんなで食べよ？」

「そうだな」

そんなやりとりをしつつ、クライドは上着を脱いだ。「あー、あちぃ」とひとりごちながら、ぱたぱたと手で顔を扇いでいる。

「あ、水を持ってくるわね。薬、飲むんでしょう?」

「ああ。助かる」

子竜を腕に抱えたまま、台所に向かったカレンは、グラスに水をたっぷり注ぎ入れて、クライドの元に運んだ。クライドはグラスを受け取り、カレンが差し出した痛み止めの薬を一錠飲み込む。

「先に夕食にする? それともお風呂に入る?」

「メシにするよ。腹が減ってるんだ」

「じゃあ食べようか」

カレンは子竜を腕に抱えたまま、クライドと共に食堂に向かった。今日の夕食は、なすの肉味噌炒めと新鮮なサラダだ。カレンは椅子に座り、子竜にも分け与えながら夕食を食べる。

菜園から採れたものづくしなので、カレンもクライドもあっという間に食べ切ってしまった。

そして今日はデザートもある。カレンは皿にケーキを乗せ、それぞれの前に置いた。

「おお、うまそうだなあ」

「試食品で少し食べたけど、おいしかったわよ」

「どれどれ……本当だ、うまい!」

ケーキを一口食べてクライドはそう言った。子竜にも食べさせてあげると、おいしいのか、

「きゅう！」と鳴いた。

子竜はなんでも食べるのだが、特に精霊姫の力が宿った食べ物が好物のようだ。単純においしいからか、あるいは精霊だからか。

子竜はもっともっとちょうだい、と言わんばかりに前脚でフォークを引っ掻いた。微笑ましい動作にカレンもクライドも頬を緩める。

場が和んだところで、カレンはクライドを見た。

「お義兄様、婚約の条件の話なんだけど」

クライドはぴくりと眉を動かす。

「……またその話か。条件は撤回しないって言っただろう」

「そうじゃなくて。お義兄様、他にも何か婚約に条件があるんじゃない？」

「………」

「話してよ。義兄妹でしょう？」

義兄妹という言葉にクライドは苦しそうな顔をした。だが、それも一瞬のことでカレンには分からなかった。

「お前には関係ない」

「お義兄様」

「お前が独身を貫くっていうのなら、別にそれで構わない。けど、それなら俺も同じようにする。俺はお前を一生守るって義両親に誓ったんだ」

「私は一人でもやっていけるわ。子供扱いしないで」

「……お前はそんなに俺に誰かと結婚してほしいのか？」

クライドの切なげな瞳に、カレンは言葉に詰まる。どうしてそんな目をするのかが分からない。

「そう、いうわけじゃないけど……ただ、私はお義兄様に幸せになってほしくて」

「それは俺も一緒だ。お前には幸せになってほしいと思ってる」

「お義兄様……」

互いに想っていることは一緒なのに、なんだかボタンを掛け間違えたかのように話がすれ違う。カレンがどう話を続けようか悩んでいるうちに、クライドはケーキを食べ終わり、席を立った。

「ケーキ、うまかった。じゃあ風呂に入るから」

浴室に向かうクライドの背中を、カレンはただ黙って見送るしかなかった。

第4章　アデラからのお誘い

結局、クライドとの話は平行線のまま数日が過ぎ、アデラが訪ねてくる日になった。

外から帰って来たカレンは、留守番をしていた子竜への挨拶《あいさつ》もそこそこに、台所に立った。

「よし、と。これでおもてなしのお茶菓子は大丈夫ね」

目の前に置かれているのは、箱に入ったアップルパイである。作ったのではなく、ケアリーの家の店から買ったものだ。これならアデラの口にも合うだろう。

次いで、カレンはアイスティーの準備に取りかかった。相手はオールディスの現地方伯である ハトソン伯爵家の令嬢である。何よりクライドの婚約者だ。あまりお待たせするわけにはいかないので、先に作っておくことにした。

準備ができたら、広間のソファーで待機である。子竜と戯《たわむ》れながらアデラの来訪を待った。

(なんの用なのかしら、アデラさん)

アデラは用がない限りは、家に来ない。遊びに来ました、なんてことはまずないだろう。

考えていたら、呼び鈴が鳴った。

「あ、はーい」

きっとアデラに違いない。カレンは急いで玄関に向かい、扉を開けた。すると、やはりそこには美しく着飾ったアデラが立っていた。

金色に輝く長髪を背中に垂らし、ぱっちりとした二重の目は新緑を思わせる緑の瞳。流行りのフリルがふんだんにあしらわれた紫色のワンピースを着ており、それが美しい容貌を引き立てている。

何年も着古したワンピースを着ている自分がみすぼらしく思える。これでも一番新しい服を選んだのだけれど。

「いらっしゃい、アデラさん」

「久しぶりね、カレン。それにしても、この家は相変わらずボロいわねえ」

カレンは顔の筋肉を総動員して笑顔を作った。

「あはは、古い家ですみません。さあ、どうぞ上がって下さい」

アデラを家に招き入れ、広間のソファーに案内する。すると、そこで白い箱を手渡された。

「庶民の店で大流行しているというアップルパイを買ってきたの。これをお茶菓子にしてもらえる?」

「あ、はい」

これはケアリーの家の店のものだ。偶然チョイスが重なってしまった。

(でも貴族の耳にも入るほど繁盛しているのね、ケアリーの家の店。すごいわ)

アデラはソファーに座って足を組んだ。そこで丸まっていた子竜の姿に気付いて、美しい目を大きく見開く。

「嘘、これって竜!? 精霊じゃない! なんでこの家に!?」

「えーと、ウチの菜園でトマトを食べていたところを保護したんです」

「ということは、クライドの飼い竜ね?」

アデラの目が完全にお金マークになっていることに気付き、子竜を売られてしまうと直感したカレンは、慌てて首を横に振った。

「ち、違います! 私の飼い竜です!」

「……あら、そう」

アデラは非常に残念そうだ。だが、大切な家族をどこの輩とも知れない人に売られてしまっては困る。

「あ、じゃあアイスティーを持ってきますのでここでお待ち下さい」

カレンは台所に向かい、用意しておいたアイスティーを盆に乗せて広間に運んだ。先にコースターを置いてから、その上にグラスを置いてアデラに差し出す。

「どうぞ。暑かったでしょう。これを飲んで涼んで下さい」

「あなたが作ったの?」

「はい」

アデラはこれ見よがしにため息をついた。

「はあ……専門のコックもいないんじゃねえ」

「……」

「仕方がないから我慢してあげるけど、おいしいんでしょうね？」

「不味《まず》くはないと思いますけど……」

「そう。それよりもアップルパイよ。早く持ってきてちょうだい」

「わ、分かりました」

カレンは再び台所に向かい、アデラからもらったアップルパイを箱から出して切り分け、皿に盛りつけた。それを盆に乗せてアデラの前にフォークとナイフを添えて差し出す。

「お待たせしました。アデラさんからいただいたアップルパイです」

「へえ～、いい香りね。この時期にりんごなんて珍しいし、どこから調達しているのかしら」

調達先であるカレンは、「さあ、どこでしょう？」とすっとぼけるしかなかった。精霊姫であることをこの人にだけは知られてはいけない。本能でそう直感する。

カレンも向かい側のソファーに腰かけ、アイスティーを一口飲んだ。うん、不味くはない。

一方のアデラはアイスティーを飲まず、アップルパイを口に運んでいた。

「おいしい！　ウチの専属パティシエにしようかしら」

「え!?」

「あら、何かおかしなことを言った？」

「あ、いえ……」

ケアリーの父がハトソン伯爵家の専属パティシエ。これは本当にすごいことだ。どうするかは本人の自由だが、個人的には店を畳まないでほしいとカレンは思う。

「それでアデラさん、今日はなんのご用でいらっしゃったのですか？」

「ああ、そうだったわね」

当初の目的を思い出したという様子で、アデラはカレンを見た。

「あなたにも王宮舞踏会の招待状は届いているわよね？」

「届いてますけど……」

なんだか嫌な予感がする。まさか、と思っているうちにその予感が当たってしまった。

「一緒に行きましょう？」

「えーっと……」

「あなたのためにドレスもオーダーメイドで作ったのよ。見て」

アデラは持ってきた紙袋から、意気揚々と桃色のドレスを取り出した。さすがはハトソン伯爵家の令嬢、さりげなく豪華なものだ。

「原色だとあなたの平凡な顔が浮いてしまうでしょう？　だから淡い色にしたの。だからよく似合うと思うわ」

「な、なるほど」

先程から失礼なことを言われているが、アデラに悪意はない。ただ思ったことをそのまま言っているだけである。そういう人なのだ。

「どう？　気に入ってくれた？」

「は、はい。ありがとうございます」

どうしよう。これでは王宮舞踏会への参加を断りにくい。行くつもりなどなかったのに。

「明日には王都に出発しましょう。ウチはタウンハウスがあるから、舞踏会までそこでゆっくりしているといいわ」

「あの、でも……」

「王都見物をするのもいいわね。思わぬ出会いもあるかもしれないし」

出会い、という言葉にカレンはピンときた。そうか、アデラはカレンを早く結婚させたいのだ。クライドはカレンが結婚するまで結婚しないと条件を出したという。それならば、早く結婚してほしいと思うのは道理だ。

(これまで舞踏会に誘ってきたのも、そのためだったのね……)

カレンはアデラがドレスを用意してくれたおかげで社交界デビューができた。だが、それは親切心からではなく、自分のためだったわけだ。

「じゃあ明日の朝に馬車でここに来るから。準備しておいてね。それじゃあ失礼するわ」

言うだけ言って、アデラはソファーから立ち上がった。カレンも慌てて立ち上がり、見送りをする。

「あっ、お帰りになるのですか」

「この家に長居しては、私の品位が下がるもの」

ド直球の言葉だ。カレンはぴくりと柳眉を動かしたが、相手が相手だけに失礼だと咎めることができなかった。

「じゃあね、カレン。明日の朝に」

結局、断ることもできないまま、アデラは立ち去っていく。黙って見送ったカレンは、玄関の扉が閉まってから、盛大なため息をついた。

アデラが来ると疲れる。失礼なことを言われまくりなのに怒れないし、何より話が一方的過ぎてついていけない。

広間に戻ったカレンは、アイスティーを一気に飲み干してソファーにもたれかかった。どっと疲労感に襲われるカレンを心配したのか子竜がよじよじと太股によじ登ってきた。

そんな子竜の頭を撫でながら、カレンは思う。

(お義兄様って、あの人のどこがよくて婚約したのかしら。まさか、顔……？)

美貌の持ち主であることは確かだ。ナイスバディだし、外見は伯爵令嬢として申し分ない。

平凡な顔と言われたカレンは内心苦笑を禁じ得なかった。

(……なんてね。お義兄様がそんなわけないわよね)

帰って来たら訊いてみようか。なんだかんだ、そういったことを訊いたことがなかった。これもいい機会だろう。

少し休んだ後、カレンは旅支度をするべく部屋に向かったのだった。

旅支度を終えたカレンは、ケアリーの家に向かった。この街を離れている間、りんごの調達をどうするか相談するためだ。

ケアリーの家に着くと、ちょうど店から出てきたアデラが馬車に乗り込むところだった。彼女はカレンには気付かず、そのまま馬車に乗ってどこかに走り去っていった。

(もしかして、専属パティシエに勧誘する話をしに来たのかな)

急ぐ話でもないだろうに店が繁盛時に押しかけるとは、相変わらずというかなんというか。傲岸不遜《ごうがんふそん》だ。

行列客に試食品を配っていたケアリーは、カレンの姿に気付いた。

「あれ、カレン？　どうしたの、何か買い忘れた？」

「ちょっとおじさんに相談があって……早めに話したいことなの」

「話？」

「うん。私、しばらくこの街を離れるからりんごの調達をどうしようかって。今大丈夫かな？」

「ええっ、それは大変！　すぐパパに取り次ぐね！」

ケアリーは裏口に走っていった。ほどなくして、ケアリーは戻ってきて「どうぞ、中に入って」とカレンを促した。

「失礼します」

裏口から厨房に入ると、ケアリーの父が出迎えてくれた。

「いらっしゃい、カレン様」

「忙しい時にすみません。でもどうしても早めに確認しておきたくて」

「しばらくこの街を離れられる件ですよね？　それならば仕方ありません。りんごが無くなったら、商品を品切れにしますよ」

「あ、いえ。前もって大量に調達しないかとご相談に来たんです」

それにはケアリーの父は、目をぱちくりさせた。

「前もって大量に？」

「そうです。十日くらい不在にしますから、十箱くらいでしょうか。私から仕入れませんか？」

「そんなことができるのですか？」

「大丈夫です」

「それはありがたい。ではそうしても構いませんか？」

「分かりました」

頷いたカレンは、「そういえば」とケアリーの父を見上げた。

「先程、アデラさんがいらっしゃっていましたのよね？　何か買っていかれたのですか？」

「ああ、違いますよ。私に屋敷で働かないかと話を持ちかけられたのです」

ケアリーは「ええっ、嘘！」と高い声を上げた。

「パパ、すごいじゃない！」

「ははっ、すごいのはカレン様のりんごだよ」

「それで話はお引き受けに？」

「断りましたよ。私には荷が重い。何より、先祖代々引き継いできたこの店を畳むわけにはいきませんからね」

「そうですか。それでアデラさんは……？」

「残念ねと言ってあっさり帰られましたよ。大して執着はしていなかったんでしょうな」

アデラのことだから強引にでも引き抜くかと思ったが、そんなことはなかったと聞いてカレンはほっとした。

「じゃあケアリー、りんごを運びましょ」

「あ、うん！」

カレンとケアリーはカレンの家に赴き、木箱にりんごを詰め込んで、ケアリーの家に運ぶ、木箱にりんごを詰め込んで、ケアリーの家に運ぶ、を繰り返した。

作業が終わった時には日が傾いていて、店の前に並ぶ行列客も減っていた。

「そういえばカレン、しばらく留守にするってどこかに出かけるの？」

「ちょっと王都にね。王宮舞踏会があって」

「へえ～、舞踏会！　いいなあ、楽しそう」

「そうでもないわよ。色々気を遣って疲れるわよ、結構」

何せ、集まるのは当然だが貴族ばかりだ。格上の貴族もたくさんいるし、王族だって参加している。失礼のないように振る舞うのは、カレンにとっては荷が重い。

けれど、それでもケアリーは羨《うらや》ましそうな顔をしていた。

「でも、ドレスを着て色んな人と踊るんでしょ？　やっぱり楽しそうだなあ」

ダンスを失敗したら笑い者になるのだとか、令嬢同士のマウンティングがあるのだとか、そういったことは微塵《みじん》も考えていない純粋な憧《あこが》れの目だ。夢を壊すのも悪いと思い、「そうね」とカレンは相槌《あいづち》を打っておいた。

そして、最後の木箱を裏口から厨房に運び込み、カレンはケアリーの父からお金を受け取った。大量に調達したため、結構な金額になってカレンは驚きつつも、財布に入れた。

「じゃあ失礼しますね」

「いやはや、運搬してもらってありがとうございました」

「カレン、舞踏会、楽しんできてね」

「うん、ありがとう」

そうしてケアリーの家を後にしてから、今度は薬屋に向かった。痛み止めの薬を手に入れるためである。

薬屋に着くと、痛み止めの薬は出来上がっており、それを買ってカレンは家に戻った。

「チャド、ただいま」

「きゅう！」

留守番をしていた子竜がカレンの腕に飛び込んできた。子竜を抱き寄せたカレンは、子竜の頭をよしよしと撫でる。

「いい子にしてた？」

「きゅう！」

子竜を抱きかかえながら広間に向かったカレンは、アデラをもてなした時の食器を片付けていなかったことに気付いた。そして、残っていたアップルパイが消えていることにも。

カレンはじと目で子竜を見た。

「チャド……食べたわね？」

「きゅ、きゅう」

子竜の口回りをよくよく見たら、食べかすがついている。アップルパイを食べた時のものだろう。

「……まあいいけど。たくさん余ってるし。でも、食べ過ぎてお腹を壊さないようにね」

痛み止めの薬を救急箱に入れてから、カレンは食器の後片付けに取りかかる。子竜をソファーの上に置き、食器を台所の流し台へと運んだ。アイスティーは捨て、グラスと皿をスポンジで擦って水で洗い流す。

片付いた後は菜園に水やりをして、子竜と風呂に入った。そして夕食を用意して、クライドの帰りを待つ。それがカレンのルーティンだ。

クライドはいつもと同じ時間に帰って来た。

「ただいま」

「お帰りなさい、お義兄様」

「きゅう！」

子竜と共に出迎えると、クライドは破顔した。カレンの腕の中にいる子竜の頭を優しく撫で、カレンを見た。

「今日、アデラとはどうだった？」

「あ、それがね、一緒に王宮舞踏会に行くことになっちゃって」

目を瞬かせるクライドに事情を説明すると、クライドは「なるほどなあ……」と苦笑した。

「ドレスまで作ってこられちゃ、断りづらいか」

「うん。だから明日の朝からちょっと王都に行ってくるね」

「分かった。チャドは俺がちゃんと面倒を見るから楽しんでこい」

王宮舞踏会に行くと言っても、クライドに動揺するそぶりはない。王宮舞踏会に参加することがどんなことを意味するのか、分かっているだろうに。

(やっぱり私は義妹でしかないのね……)

分かってはいたことだが、落胆を隠せない。きっと、誰かいい相手を見つけてほしいと願っていることだろう。

ならば、と思う。

「あのね、お義兄様」

「ん？」

「ダンスのステップの確認をしたくて……付き合ってくれる？」

少しでもクライドと色々な思い出を作りたい。そう思っての言葉だった。

クライドの返答はあっさりしたものだった。

「おう、いいぞ。じゃあ夕食を食べて俺が風呂に入ってからでいいか？」

「うん」

「よし、じゃあ夕食にするか」

そうして夕食を済ませ、クライドが風呂に入っている間にカレンは食器を片付け、部屋に向かった。

今日アデラからもらった淡い桃色のドレスをクローゼットから取り出し、体に当ててみる。裾の長さはぴったりだ。

確認してからドレスに着替え、ベージュの靴を履いたら準備万端だ。王宮舞踏会当日は、髪をアップにまとめる予定である。

（よし）

カレンはかつかつとヒールの音を響かせながら、クライドの部屋に向かった。扉を叩き、中にいるだろうクライドに声をかける。

「お義兄様、入ってていい？」

「ああ、いいぞ」

扉を開けると、そこには王宮舞踏会に行く時の正装をしたクライドが立っていた。それは思わぬことでカレンは目を瞬かせた。

「あら、お義兄様、着替えたの？」

「ああ、せっかくだからな。雰囲気出そうと思って。お前もよく似合ってるな。それがアデラからもらったドレスか？」

「うん。……ねえ、私って平凡な顔かな？」

唐突な言葉にクライドは目を点にした。

「は？　誰かから言われたのか？」

「えーっと、そういうわけじゃないんだけど」

「何言ってるんだ。お前は義兄の贔屓目《ひいきめ》なしでも可愛い。少なくとも俺好みだ」

「え？」

「あ……」

思わず口から出てしまったのか、クライドは顔を逸《そ》らして口元を手で押さえた。その頬はうっすら赤い。

「……悪い。忘れてくれ」

「あ、うん……」

なんとも形容し難《がた》い雰囲気が流れる。クライドはシスコンなのだろうかとカレンが考えていると、「きゅう！」と飛んできた子竜の声が沈黙を破った。広間のソファーで丸まっていたはずだが、カレンとクライドがいる所に移動してきたらしい。

今度はクライドの寝台に丸まる可愛らしい姿にカレンもクライドも頬を緩ませた。

「じゃあ練習するか」

「うん」

場が和んだところで、クライドはカレンの前に立ち、床にひざまずいた。そしてカレンの右手をそっと手に取り、キスをする。

突然の行動にカレンは、耳まで真っ赤になった。しかし、クライドの顔はどこまでも真剣だ。

「私と踊っていただけませんか？」

「は、はい」

クライドは立ち上がり、二人は手を絡め合わせてダンスを踊り始めた。ヒールでクライドの足を踏まないよう、カレンは慎重にステップを踏む。

クライドの部屋の中だが、まるでそこは王宮舞踏会の会場のような錯覚を受けた。豪華絢爛なシャンデリアが吊り下げられ、優雅な音楽が流れていて、衆目の中、二人で踊る——そんな錯覚を。

それが現実ならばどれほどよかったことだろうか。

気付けば息が上がっていた。長い時間踊っていたらしい。

「そろそろ終わりにするか」

「……うん」

二人は足を止め、密着していた体を離した。

「これだけ踊れれば大丈夫だろ。他に不安なことはあるか？」

「ううん、大丈夫。ありがとう、お義兄様」

「いいって。おかげで俺も舞踏会の気分を味わえたよ」

クライドだって、行こうと思えば行けるだろう、休みを取れば。しかし、婚約者としてアデラがいるから参加しないだけだ。

アデラの顔を思い出したところで、「そういえば」とカレンは訊こうと思っていたことを思い出した。

「お義兄様はどうしてアデラさんと婚約したの？」

「え？」

鳩が豆鉄砲を食らったような顔をするクライド。彼は困ったように後頭部を掻いた。

「え、えーと……はきはきした所が好きだからかな？」

「ふーん」

アデラは、はきはきしているというより、失礼な人だという印象の方が強い。だが、それも人によって違うのか。

好きだという言葉に改めて落ち込む。同時に好きならば何故、結婚しなくてもいいのかと疑問が湧いてきて訊ねそうになったが、平行線を辿っている話題である。明日から旅ということもあり、訊ねるのはやめておいた。

「付き合ってくれて本当にありがとう、お義兄様。じゃあ部屋に戻るね」

「ああ。ゆっくり休んでな」

カレンが部屋を出ようとすると、子竜もぱたぱたと飛んできた。子竜を肩に乗せ、カレンは部屋を出たのだった。

第5章　もう一人の精霊姫

翌朝。警吏官の制服を着たクライドが、玄関で振り返りカレンと目を合わせる。

「じゃあな。気を付けて王都に行くんだぞ」

「うん。お義兄様もチャドをお願い」

「任せろ。あ、悪い奴には引っかかるなよ」

クライドの言葉にカレンは苦笑するしかない。付き合いで行くだけで、婿探しをする気などないのだけれど。

「ありがとう、お義兄様。じゃあいってらっしゃい」

仕事に行くクライドを見送り、カレンは朝食の食器の後片付けに取りかかった。それが終わった後は、菜園に水やりだ。そして雑草を抜いて、野菜に虫がついていないかをチェックする。いつもの作業である。

終わったら洗濯をして、できるところだけ家の掃除をしておく。いつアデラが来るのか分からないので、手短に終わらせた。

「よし、と」

自室に戻ったカレンはドレスを大きめの鞄《かばん》に詰め込み、それを持って広間に向かった。ソファーに座り、待機だ。

「きゅう」

子竜が膝の上によじ登ってくる。その頭を撫でながら、カレンは子竜を膝の上に乗せた。

「お義兄様の言うことを聞くのよ、チャド。私はしばらく帰らないから」

「きゅう！」

分かったと言いたげに子竜は、こくりと頷く。そして、今のうちに甘えようと言わんばかりに頬をカレンの腕に擦り寄せた。可愛らしい仕草にカレンは頬を緩ませる。

しばらく子竜と戯れていたら、やがて呼び鈴が鳴った。きっとアデラだ。そう思い、子竜をソファーに座らせて「いい子にしてるのよ」と声をかけ、荷物を持ち、玄関に向かった。

「はーい」

玄関の扉を開けると、そこには見慣れない初老の男性が立っていた。

「カレン様でよろしいでしょうか？」

「あ、はい」

「わたくし、アデラ様にお仕えしている御者《ぎょしゃ》です。お迎えに上がりました」

言われて見れば、家の前に大きな馬車が停まっている。中にアデラが乗っているのだろう。

カレンは頭を下げた。

「王都までよろしくお願いします」

「お任せ下さい。道中、馬車が揺れるかもしれませんが、どうかご容赦下さいませ」

カレンは家を出てしっかり施錠した。そして御者の後ろについていくと、「さあ、どうぞ」と馬車の扉が開かれた。

中には予想通りアデラが座っており、カレンは向かい側の席に座ればいいようだ。

「ありがとうございます」

御者に礼を言ってカレンは馬車に乗り込んだ。すると、そっと扉が閉められる。

「おはよう、カレン」

「おはようございます、アデラさん。ご立派な馬車ですね」

席に座りながらにこりと挨拶をすると、アデラも笑い返してくれた。

「そうでしょう。ウチで一番大きな馬車よ。あなたはまだ見たことはなかったわね。新調したばかりなの。乗れることを光栄に思いなさい」

「そ、そうですね」

ああ疲れる――アデラと何日も一緒にいないといけないと思うと憂鬱《ゆううつ》である。クライドが彼女を好きな理由がさっぱり分からない。

作り笑いを浮かべながら頷いたのと同時に、馬のいななきが聞こえてゆっくりと馬車が動き出した。ここはまだ石畳で舗装された道なので揺れは少ない。

しかし街を出た途端、道が砂利道に変わったので馬車がガタゴトと揺れるようになった。それでもこの馬車は大きいので揺れは少ない方だろう。

馬車の小窓から移りゆく景色を楽しんでいたカレンに、アデラは唐突に口を開いた。

「ねえ、カレン。あなたはどんな男性が好みなの？」

「え？　えーっと……」

脳裏に浮かぶのは、クライドの顔。クライドの笑った顔が好きだ。太陽のように明るくて、眩しくて、けれど決して手が届かない――。

クライドのことを想うと、苦しくもあるが、ぽかぽかと温かい気持ちになる。

「そう、ですね。しっかりした人が好きです」

「あらそう。確かに頼りがいのある男はいいわよね」

「はい。……アデラさんは義兄のどこが好きなんですか？」

アデラは考えるそぶりを見せた。

「そうねえ……優しい所かしら？」

一拍置いてアデラはそう答えた。笑みを浮かべる彼女に、けれどカレンは冷ややかな気持ちになる。

（嘘つき）

アデラがどうしてクライドに近付いたのか、カレンは知っている。といっても、それはクライドも知っていることだが。

――二年前。アデラは突然オールディス家にやって来て、婚約をしないかとクライドに持ちかけた。カレンは紅茶を用意してすぐに自室に下がったが、少し話を聞いてしまったのだ。

曰《いわ》く。

『ウチが成り上がり貴族なのは知っているでしょう？　だから、あなたの元地方伯としての名誉が欲しいの。ウチに婿入りしてくれない？　そうすれば、警吏官なんてちまちました仕事をしなくても済むわよ。悪い話じゃないでしょう？』

アデラはクライドの歴史ある爵位が目当てなだけだ。その証拠に彼女は、用がなければオールディス家に来ないし、クライドとデートしていたりする様子もない。

「あはは、そうなんですか」

しかし、今は作り笑いでそう相槌を打つしかなく。

(この人と結婚して、お義兄様は幸せになれるのかしら)

クライドならば、他にもっといい女性がいるのではないか。今更ながらそう思う。

アデラはカレンがそんなことを考えているとは露知らず、艶やかな笑みを浮かべた。

「あなたも王宮舞踏会で誰かいい人を見つけられるといいわね」

「そう、ですね」

「貧乏貴族でも拾ってくれる人はいるものよ。ご縁は大切にしないとね」

よほどカレンに早く結婚してもらいたいようだ。だが、それもそうだろう。もう二年も待たされているのだから。

とはいえ、貧乏貴族というのは余計だ。カレンは苦笑するしかなかった。

馬車の小窓に視線を移す。すると、青々しい森の景色が流れていく。

クライドは今頃仕事をしているだろうか。腕の怪我も早く治るといいのだけれど。

カレンのそんな想いを乗せて、馬車は王都に向かっていった。


そして三日後の午後。カレンとアデラを乗せた馬車は王都に到着した。

石畳で舗装された道に入り、煉瓦造りの高層住宅街を通って、ハトソン伯爵家所有のタウンハウスの前に馬車が停まる。

このタウンハウスを訪れるのは、初めてではない。王宮舞踏会に連れていかれるたびに、このタウンハウスに泊まっていた。

馬車の扉が開く。御者が開けてくれたようで、先にカレンが馬車から降りた。アデラは御者の手を借りて、令嬢らしく優雅に降り立つ。

「さあ、入りましょう」

「はい。お世話になります」

御者に荷物を持たせてずんずんと進んでいくアデラの後ろに、カレンはついていく。このタウンハウスの構造は分かっている。アデラもそれが分かっているからだろう。わざわざ案内はしなかった。

「カレン、いつもの部屋を使いなさい。食事の時間になったら呼ぶから」

「分かりました。ありがとうございます」

カレンはアデラと別れて、二階にある小部屋に向かった。そこがいつも使わせてもらっている部屋だ。

文机、クローゼット、寝台と最低限の調度品は揃っていて、手狭だが使いやすい部屋だ。赤と桃色だらけの目に痛い色調ではあるが。

カレンは文机に鞄を置き、ドレスや服を取り出してクローゼットのハンガーに吊るした。必要なことをし終えたら、ぱたりと寝台に倒れ込む。布団はふかふかだ。

(あー、疲れた)

馬車に乗り続けた疲れもあるが、何よりアデラを相手にしてきたことによる疲労でいっぱいだった。何せ、ことあるごとに失礼なことを言ってくるので作り笑いをするのが疲れる。

華の王都に来たというのに、早くも家に帰りたい気分である。

(今日はもう部屋に引きこもっていよう)

食事の時間になったら呼びに来ると言っていた。それまでは部屋で休んでいたい。さすがのアデラも到着したばかりだ。そっとしておいてくれるだろうと思っていたのだが——。

コンコンと扉を叩く音がした。

「カレン、下でアイスティーを飲まない？」

アデラの声だ。カレンはげんなりとした。寝台から起き上がり、扉を開く。

「アイスティーですか？」

「ええ、そうよ。もちろん、あなたの家と違ってコックが淹れてくれたものよ。メイドがね、王都で有名なケーキ屋のケーキを用意してくれたの。一緒に食べましょ」

「……はい」

断れる立場ではない。素直に誘いを受けることにして、カレンはアデラと共に一階にある広間に向かった。

広間には真っ赤な革のソファーがテーブルを挟んで二つ置いてある。そんな派手な調度品も華やかな容姿をしているアデラにはよく似合う。対して、平凡な顔と言われたカレンは、ソファーの方が目立っているのではないかとどうでもいいことを考えた。

アデラの向かい側のソファーに座ると、すぐにメイドが給仕にやって来る。目の前に差し出されたのは、アイスティーとメロンのケーキだ。

「どうぞ」

「ありがとうございます」

礼を言うカレンに対して、主人であるアデラは不遜なものだ。ありがとうとも言わず、「下がっていいわよ」と命じるだけ。世の令嬢とはこういうものなのだろうか、と毎度のことながら思う。

「さあ、いただきましょ」

「はい」

まずはアイスティーを一口飲んで渇いた喉を潤す。コックに任せているだけあって、香り高くおいしい。

次にメロンのケーキを食べた。おいしいが、ケアリーの家のアップルパイには及ばない。そんな印象だ。

アデラもそう思ったのだろう。眉尻を下げ、「大したことないわねえ……」と正直に心の声を洩らした。

「あのパティシエ、なんとかして雇えないかしら」

「む、無理強いはよくないと思いますよ」

「もっとお金を積めばよかったかしらねえ」

人の話を聞いちゃいない。

金さえ積めばなんとかなると思っているところが、アデラとは根本的にそりが合わない。世の中、お金だけでは解決できないことがたくさんあると、カレンは思う。義理とか人情とか、そういうものが人にある限り。

アデラは手を叩いて執事を呼んだ。

「ビリー」

「はっ、なんでしょうか、お嬢様」

「このケーキを買ってきたメイドをクビにしてちょうだい」

「え!?」

カレンは思わず声を上げてしまった。慌てて口元を押さえるが、もう遅い。アデラは不思議そうに首を傾げた。

「あら、何、カレン」

「あ、えーっと、クビにする理由を知りたいなと」

「あら、分からない？　粗末なもので私の口を汚したからよ」

「でもメイドのせいではありませんし、それに普通においしいじゃないですか。アデラさんのために買ってきたんですよ？　そんな理由でクビにするのは、可哀想なんじゃ……」

「はあ、これだから使用人も雇えない貧乏貴族は」

分かっていないという風にアデラは、首を左右に振る。

「あのね、無能なメイドは私の周りにいらないの。賃金を出しているのだもの。当然でしょう？」

「そ、それはそうかもしれないですけど……」

「だいたい、よその家の事情に口を挟んでくるなんて差し出がましいのではなくて？」

「……………」

そう言われては返す言葉がなく、カレンは押し黙るしかなかった。カレンを説き伏せたことでアデラは満足したのか、執事に「じゃあお願いね」と声をかける。執事は「かしこまりました」と指示に従うだけだ。

結局、メイドを助けることができずに、カレンは部屋に戻った。再び寝台に寝転がる。

(悪意はないのよね、アデラさんって)

怒りが湧いてこないのは、だからだろう。彼女は令嬢として堂々とした態度を取っているだけだ。

(メイドさんは可哀想だったけど……賃金を払っていると言われれば、その通りなのよね)

すぐに次の勤め先が見つかることを祈ろう。

そんなことを考えながら寝台に横になっていたら、睡魔が襲ってきた。そのまま眠りに入ってしまい、コンコンというノックの音で目を覚ました。

「カレン様、お食事の用意ができました」

「あ、はい！」

カレンの返事を確認して去っていくメイドの足音が聞こえる。カレンは寝台から体を起こして、髪を手櫛で整えた。そして一階にある食堂へと向かう。

食堂に着くと、すでにアデラは椅子に座っていた。

「お待たせしてすみません、アデラさん」

「もう、待ちくたびれたわよ」

「すみません……」

カレンも席に着くと、メイド達が次々と料理を運んでくる。羊肉のロースト、ローストビーフ、新鮮なサラダなどなど豪勢である。

アデラは笑った。

「家では食べられないでしょう？　いっぱい食べて構わないからね」

「あ、あはは……ありがとうございます」

本人は親切心で言っているのだろうが、いちいち失礼な人だ。確かにオールディス家でこんな豪勢な食事はできないけれども。

作り笑いもそこそこに、カレンは料理を口に運ぶ。コックが作っているだけあって、どれもおいしい。

「カレン、あなた明日はどうするの？」

「外に出かけようと思います。アデラさんは？」

「私は部屋でゆっくりしているわ。あなたは私と違ってなかなか王都に来られないのだから、ゆっくり王都見物しなさい」

「そう、ですね。そうします」

せっかく華の王都にやって来たのだ。憂鬱な気分でいるより、前向きに楽しんだ方が建設的だ。

そう思い直しながら、カレンは豪勢な食事に舌鼓を打ったのだった。


翌日。

カレンは朝食の後、少し休んでから王都の繁華街に足を運んだ。

(わあ、すごい。やっぱり活気があるわね、王都は)

道の脇にずらりと露店が並び、買い物客でごった返している。気を抜いたら、人の波に押されてしまいそうだ。

(お義兄様とチャドにどんなお土産を買おうかな。名物なんかがあればいいけど)

どうせなら王都でしか手に入らないものを買いたい。滞在期間はまだある。後でアデラの家の使用人に話を聞いてみようか。

そう思いながら、露店を流し見していた時のことだ。

ポロン♪

精霊姫の力を使う時の音が流れて、カレンはふいと後ろを振り返った。そこにはカレンと同じように後ろを振り返っている少女が立っていて、その赤茶の瞳と目が合う。

何故だか直感で分かった。――彼女は精霊姫だと。

総本山にいるはずの精霊姫が何故ここに。呆然と立ち尽くしていると、

「きゃっ」

背後から人の波に押され、カレンは前のめりによろめいた。そんなカレンにすっと手が差しのべられる。

「大丈夫ですか？」

「あ、ありがとうございます。あ……」

顔を上げると、そこにいたのは先程目が合った少女だった。癖のない真っ直ぐな茶の長髪をサイドテールに結んでいて、清楚な印象を見る者に与える容貌をしている。年はカレンと同じくらいだろうか。

「あの、もしよければ少しお話ししませんか？」

唐突な申し出にカレンは冷や汗を掻く。まずい。カレンが少女を精霊姫だと分かったように、少女もカレンが精霊姫だと分かったのかもしれない。そうでなければ、道ですれ違っただけの相手にこんな申し出をしないだろう。

口止めをしなければならない。カレンは、少女の手を借りて体勢を整え、頷いた。

「はい」

「よかった。では、パフェで有名なお店があるので、そこに行きましょう」

「……あの」

「なんでしょう？」

「脇にいる男性の方はお知り合いですか？」

少女の両脇には、屈強な男性が立っている。剣を下げていることから、帯剣が許されている身分の者のようだ。

「はい。私の護衛なんです」

「護衛……」

そうか。ということは、精霊騎士かとカレンは納得する。精霊教会は、精霊騎士団を所有しているのである。彼らのうち誰かが精霊姫の護衛に回っていてもおかしくない。

「では行きましょうか」

「はい」

道を案内してくれる少女の後ろについて、カレンはパフェで有名だという店に向かった。

有名な店だというからてっきり大通りにあるのかと思いきや、細い路地の入り組んだ先にあり、危うくはぐれそうになった。

「着きましたよ。ここです」

「わあ、可愛らしいお店ですね」

煉瓦造りの二階建てで、思ったより小さい店だ。少女の後を追って、店内に入るとカランコロンと鈴の音が鳴った。

ちなみに少女の護衛は店の外で待機である。少女がそう命じたからだ。

「あそこに座りましょう」

少女に促されて座った席は、窓際だった。窓から道を行き交う人々の姿が見える。

「いらっしゃいませ。ご注文はお決まりでしょうか？」

可愛らしい制服を着た店員が、笑顔で注文を取りにやってくる。そんな店員に少女は「チョコバナナパフェを二つ」と注文した。

「かしこまりました。少々お待ち下さい」

店員は下がっていく。

辺りを見回すと、若い女性客でいっぱいだ。みんなお喋りに夢中で賑やかしい。これならば聞き耳を立てる客はいないだろう。

カレンは正面を向いた。

「私はカレンと申します。あなたは？」

「あ、そういえばまだ名乗っていませんでしたね。私はセシリアと言います」

「セシリアさん、どうして私をここに？」

「それは分かっていることだと思うのですけど」

少女――セシリアは、真剣な顔で言った。

「カレンさん、あなた精霊姫ですよね？」

やはりバレていたか。下手に誤魔化して精霊教会に知らされては面倒だ。カレンは正直に頷いた。

「はい、そうです」

「やっぱりそうでしたか。それにしても、私以外にも精霊姫がいただなんて……驚きました」

それはカレンも同様だ。複数人いるのかもとは思っていたが、本当にそうだったとは。

カレンはおずおずと切り出した。

「あの、黙っていてもらえませんか？」

セシリアは不思議そうに首を傾げた。

「あら、どうしてですか？」

「今の暮らしを変えたくないんです」

「変わった方ですね。精霊宮に住めば、優雅な生活が約束されているというのに。まあ、護衛が四六時中張りついているのは、鬱陶《うっとう》しいですけど」

セシリアは心底理解できないといった顔をしている。彼女は今の生活に満足しているのだろう。

だが、カレンは嫌だ。たとえどんなに優雅な生活ができたとしても、クライドの傍《そば》を離れたくない。

「どのような生活をなされているのか、お聞きしてもよろしいでしょうか」

「はい」

カレンは語った。実家は貧乏なこと。義兄がいること。趣味で家庭菜園をしていること。

全部、全部、包み隠さず話した。

「なるほど。お義兄さんが好きなのですね。だから離れたくないと」

「はい……」

顔から火が出るほど恥ずかしい。クライドのことを好きだと話した相手は、セシリアが初めてだ。

黙っていてもらえるだろうか。俯いて重い沈黙に耐えていると、セシリアは「分かりました」と優しい声で言った。

「精霊教会の方には黙っておきますね」

「ほ、本当ですか!?」

「はい。その代わりといってはなんなのですが……」

セシリアはもじもじとして、恥ずかしそうな様子で思わぬことを口にした。

「私と友達になってほしいのです」

「え？」

そんなことでいいのか。一瞬そう思ったが、本人にとっては大切なことかもしれない、とカレンは思い直す。

精霊宮での暮らしは優雅といっても、孤独なのかもしれない。そう思ったカレンは、優しく笑った。

「もちろん。いいですよ」

そう返すと、セシリアはぱあっと顔を輝かせた。

「ありがとうございます！　では住所を教えて下さい。お手紙を書きたいので」

「いいですよ。えっと、住所は――」

オールディス家の住所を教えた頃、注文していたチョコバナナパフェが運ばれてきた。輪切りにされたバナナがふんだんに使われていて、チョコソースがたっぷりとかけられており、おいしそうだ。

バナナなんて珍しいなあと思いながら、カレンは専用の細長いスプーンを手に取った。

「ではいただきましょうか」

「そうですね」

チョコバナナパフェを堪能しながら、カレンはセシリアと精霊姫の力についての話で盛り上がった。セシリアの力もやはりカレンと同じらしく、野菜や果物を実らせたりできるそうだ。

「それがすっごくおいしいんですよね」

「え？」

セシリアは目を瞬かせた。

「おいしい、ですか？　私の実らせたものは大しておいしくありませんけど」

「え？」

今度はカレンが目を瞬かせる番だった。どういうことだ。セシリアの舌が肥えているのか、同じ精霊姫の力でも差違があるのか、どっちだ。

「そ、そうなんですか？」

「はい。食べられなくはないですけど」

「へえ……不思議ですね」

そう相槌を打つしかなかった。

すると、セシリアは身を乗り出すようにして言ってきた。

「是非、カレンさんの作物を食べてみたいです。今度、お宅にお邪魔してもいいですか？」

「いいですけど……そんなに気軽に外出できるものなんですか？」

「教皇様の許可さえ取れれば大丈夫です。今も王都に来ているでしょう？」

「案外、自由なんですね」

てっきり籠の鳥かと思っていた。そう付け加えると、セシリアは「私もそう思っていました」と、ころころと笑った。無邪気に笑うところがケアリーと似ていて可愛らしい。

チョコバナナパフェを食べ終えたところで話は終わった。勘定をして店の外に出る。

「では、総本山に戻ったらお手紙を書きますね」

「はい、待ってます」

セシリアは精霊騎士達を従えて、街の喧騒《けんそう》に消えていった。まさかこんなところで精霊姫と出会うとはなあ、と思いながら、カレンも来た道を引き返した。

だが。

(……あれ？　こっちの道じゃなかったっけ？)

来た道を引き返してきたつもりが、見慣れぬ道に出てしまい、カレンは困惑した。ここは通ってきた道ではない。どこだ、ここは。

再び来た道を引き返して違う道を選んだが、やはり見慣れぬ道に出てしまう。それを繰り返していたら、何がなんだか分からなくなってしまい、カレンは愕然《がくぜん》とした。

(迷子になっちゃった……！)

地元の街では考えられない事態である。派出所に駆け込もうにも、そもそも派出所がどこにあるのか分からない。

どうしよう。せめて見知った道に出られたら、タウンハウスに帰れるのだけれど。

しばらく呆然としていたが、そこは頭を切り替えてカレンは思い切って通行人に声をかけてみた。

「あの、すみません」

「はい？」

立ち止まってくれたのは、カレンより少し年上だろうか。茶の短髪と優しい焦げ茶の瞳を持つ少年だった。一見地味だが、その容貌はよく見ると整っている。

「繁華街の大通りって、ここからどう行けばいいのでしょうか？」

少年は不思議そうに目を瞬かせた。

「道に迷っているのですか？」

「はい……」

恥ずかしい。いくら慣れない土地とはいえ、この年で迷子になるなんて。

けれど、少年は笑ったりせず、穏やかに微笑んだ。

「それならお連れしますよ。説明するとややこしいですから」

「本当ですか!?　ありがとうございます！」

なんたる幸運だ。思い切って声をかけてみてよかった。

カレンはありがたく少年についていくことにする。繁華街の大通りまでは少し時間がかかり、確かに道がややこしかった。

「すみません、貴重なお時間を割いてもらって……」

「構いませんよ。特に用もなくぶらぶらしていただけですから」

まるで王都の街が彼にとって庭のように感じる発言だ。

「王都の方なんですか？」

「いえ、違います。ですが、王都に遊びに来る機会は多いので道には詳しいですよ。あなたは？」

「私も地方から来ました。でも慣れない土地とはいえ、お恥ずかしい限りです」

「そんなことありませんよ。この辺は入り組んでいますからね。迷うのも無理はありません」

優しい人だ。アデラの辛辣《しんらつ》な言葉に辟易《へきえき》していた心にはよく染み渡る。

そうして大通りに着いたところで、少年の案内は終わった。

「では僕はここで」

「あっ、待って下さい。何かお礼を……」

「お気にせず。気を付けて下さいね」

にこりとそう言って、少年は来た道を引き返していってしまった。また会うことがあったら、今度こそお礼をしよう。そう決め、カレンはハトソン伯爵家のタウンハウスに戻った。

帰ると、オールディス家とは違い、メイドが「お帰りなさいませ」と出迎えてくれる。お嬢様扱いに慣れていないカレンは、非常に恐縮した気持ちだ。

慣れないながらも、「ただいま戻りました」と返し、うち一人のメイドに声をかけた。

「あの、すみません。何か王都で最近流行っているものとかご存知ですか？　お土産に買って帰りたいんです」

「王都で流行っているものですか？」

問いかけられたメイドは、親切にも真剣な面持ちで考えてくれる。

「そうですねえ……バナナチップスなんてどうでしょう？」

「バナナチップス？」

「はい。バナナを輪切りにして油で揚げたお菓子です。バナナは王都以外ではなかなか手に入りませんから、珍しいと思いますよ」

「そうなんですか、ありがとうございます」

お菓子ならクライドも子竜も喜びそうだ。干したものならば日持ちもしそうだし、お土産にぴったりかもしれない。

明日、買いに行くことにして、カレンは二階の部屋に戻った。部屋にいるであろうアデラと鉢合わせすることはなく、ほっとした。

（はあ、歩き疲れた）

カレンは寝台に腰かける。歩きやすいように踵《かかと》の低い靴を選んだが、このタウンハウスから繁華街まで結構距離があるので足が疲れてしまった。迷子になって無駄に歩いたからというのもある。

（無事に戻ってこられてよかった。優しい人だったな、あの人）

気になるのが地方出身者にもかかわらず、頻繁に王都に来ていると言っていた点だ。平民がそう簡単に馬車を借りて王都になど来られまい。

穏やかな笑みを口元に湛《たた》えているところに気品があったし、もしかしたら貴族だったのかもしれないと思う。

（王宮舞踏会で会ったりして。その時はきちんとお礼を言わなくちゃいけないわね）

あの時はろくにお礼を言えなかった。淑女としてあるまじきことだ。

寝台で少し休んだら、立ち上がって窓を開ける。熱気をはらんだ風が吹き抜けて髪を揺らした。青く澄み切った空を見上げながら、カレンはクライドに想いを馳せる。

（それにしても、お義兄様しっかりやっているかしら。家事できないのよねえ）

クライドの家事スキルは壊滅的だ。目玉焼きすらまともに焼くことができない。そんな彼が一体何を食べているのか、気になるところである。

（家も散らかってるでしょうし。帰ったら、掃除してまともなものを食べさせてあげないと。っていうか、一人で朝起きられるのかな）

心配は尽きないが、今までもカレンが王宮舞踏会に参加するために王都に来ている間は、なんだかんだ一人で生活している。今回は賢い子竜も一緒だし、きっと大丈夫だろう。そう信じるしかない。

そんなことを考えながら、カレンは窓から王都の街並みをのんびりと見下ろした。

第6章　王宮舞踏会

そして、王宮舞踏会の日。

カレンはドレスに身を包み、長い髪をアップにまとめて髪飾りをつけ、顔にも化粧を施して、変なところはないかを姿見で確認してから、タウンハウスの一階に下りた。

広間にはすでに身支度を整えたアデラがおり、カレンに気付いて「あら」と声を上げた。

「よく似合っているじゃない。やっぱり、私の見立ては間違っていなかったわね」

あくまで自分のおかげだと主張する辺りがアデラだ。カレンは内心苦笑しつつも、素直に礼を述べた。

「ありがとうございます。アデラさんもよくお似合いですよ」

アデラは真っ赤なドレスに身を包んでおり、豊かな金色の髪を編み込んでまとめている。華やかな容姿の彼女には、ド派手なドレスさえ引き立て役になっているのだからすごい。

アデラは当然といった顔をして、「さあ、行きましょう」と身を翻《ひるがえ》した。

タウンハウスの前には馬車が停まっていて、いつでも出発できる手筈になっている。カレンとアデラは馬車に乗り込み、王城に向かって出発した。

王城は小高い丘の上の煌《きら》びやかな宮殿群の中に建っている。タウンハウスからは馬車でも十五分ほどかかる場所にあり、その間はアデラと顔を突き合わせることになった。

広い馬車の中でアデラは、真っ赤な羽根つきの扇《おうぎ》でゆったりと扇《あお》いでいる。夕方で幾分か涼しいとはいえ、夏だ。窓を開けているといっても、小さな窓なので風がなかなか入ってこないし、扇いでいなければ暑い。馬車の中なので余計、熱気がこもる。

カレンもぱたぱたと手で顔を扇ぎながら、外の景色を眺めた。

(バナナチップスも買ったし、今日が終わればやっと帰れる)

菜園の方は大丈夫だろうか。クライドが代わりに水を与えてくれていると思うが、それでも何日も不在にしているとやはり心配なものだ。

(早くお義兄様とチャドに会いたい。アデラさんともさっさと離れたいし……)

今、目の前に座っているわけだが、この数日間は苦痛だった。いくら食事が豪勢とはいっても、アデラと一緒に住むなんてごめんこうむりたい。彼女に仕える使用人達を心底尊敬する。

またいつか誘われることを考えるとげんなりだ。そんなことをつらつら考えていたら、馬車が傾き、坂をぐんぐんと上っていく。やがて道が平坦になったかと思うと、王城の前に着いており、馬車が停まった。広い王城の前にはいくつも馬車が停まっていて、着飾った貴族達が続々と降りている。

そして、馬車の扉が外から開かれた。開けたのは、もちろん御者だ。

「着きましたよ、アデラ様、カレン様」

「ありがとうございます」

御者に向かって軽く会釈し、先にカレンが馬車から降りた。次いで、アデラも御者の手を借りて優雅に馬車から下り立つ。

「行きましょうか、カレン」

「はい」

堂々と歩くアデラの後ろにカレンはついていき、歩を進めた。受付で招待状を見せ、確認を受けてから大広間に向かう。

大理石で築かれた王城の中は、ひんやりとしている。この猛暑ではありがたいことだ。

大広間に辿り着くと、そこは煌びやかな場所だった。豪華絢爛なシャンデリアが天井から吊るされ、令嬢が着ている色鮮やかなドレスに煌めく宝石たち。カレンには場違いな場所ではないかといつも思う。

そんなことを思っていると、人だかりの中から緑色のドレスを着た美しい令嬢が進み出てきた。

「あら、アデラ」

「キャロル。お久しぶりね」

アデラの知り合いのようだ。何度か王宮舞踏会には参加しているが、初めて見る顔である。

アデラと談笑に興じていたキャロルという名の令嬢は、ふと後ろにいるカレンを見た。

「あら、そちらのご令嬢は？」

「ああ、彼女はカレン。オールディス伯爵令嬢よ」

「オールディス？　……ああ」

　家名をすぐには思い出せなかったようだが、思い出した途端にキャロルの目は人を見下すようなものに変わった。今では没落貴族である元地方伯の家柄だと知っているからだろう。

　これだから貴族の集まる王宮舞踏会は嫌になる。自分達の地位のマウンティング合戦で、自分より下だと分かった者は見下す。慣れていることだが、受け流すのが精一杯だ。

「ではね、キャロル。今日は舞踏会を楽しみましょ」

「ええ。では、ご機嫌よう」

　キャロルは裾を翻して人だかりの中に戻っていった。てっきり、アデラも人だかりの中に混ざっていくかと思ったが、今日は壁際に立った。珍しいなと思っていたら、

「こうして少人数で立っていた方が、男性は声をかけやすいものなのよ。あなたにも声がかかるわ」

「あ、そうなんですか……」

　カレンが男性に声をかけられやすくするための戦略だったらしい。よほど、カレンに結婚してもらいたいのだろう。まあ、焦れるのも無理はないけれど。

　そうして二人で壁際に立っていたら、あっという間に男性が群がってきた。といっても、男

性達の目的はアデラで、アデラはうち一人の男性の手を取ってダンスを踊りに行ってしまった。

婚約者がいながら他の男性と踊るなんて、と思ってしまうが、舞踏会は本来社交の場であるのでそれも仕方がない。

アデラが行ってしまったら、あれほどいた男性の群れが一瞬で解散してしまい、カレンはぽつんと一人取り残された。男の人って露骨《ろこつ》だなあ、と内心苦笑を禁じ得ない。

(ドリンクでも取りに行こう)

大広間の一角には、各種ドリンクや豪勢な食事が用意されている。そこに向かってカレンは動いた。壁際を伝って辿り着き、ドリンクを取ろうとした時。

「あ、すみません」

「こちらこそって……あ」

同じドリンクを取ろうとしたのか、誰かと手がぶつかってしまい、顔を上げたカレンは思わず声を上げた。というのも、相手が先日迷子になった時に助けてくれた少年だったからだ。

少年も覚えていたようで、「ああ、あの日の」と表情を和らげた。

「ご令嬢だったのですね。また会うなんて奇遇ですね」

「そうですね。あの時は本当にありがとうございました」

貴族かもしれないとは思っていたが、まさか本当に貴族だったとは。

少年は朗らかに笑った。

「いえいえ、大したことはしていませんから」

「そんなことはありません。あの時は本当に助かりました。あ、ドリンク、どうぞ」

「ありがとうございます」

少年はドリンクを取り、カレンも別のドリンクを手に取った。一口飲んでみると、氷室で冷やしていたものなのか、キンキンに冷えていて渇いていた喉も潤う。

少年も一口、口をつけると、カレンを見た。

「お名前をお聞きしてもよろしいでしょうか？」

「はい。カレン・オールディスと申します。あなたは？」

「僕はシリル・エーメリーと申します」

「え、あのエーメリー地方の？」

「はい、そうです」

エーメリー地方といったら、広大で肥沃《ひよく》な土地を持つ、様々な農作物を出荷することで有名な地方だ。エーメリー伯爵家が地方を治めており、ハトソン伯爵家に負けず劣らずの大貴族のはずである。その令息ならば、頻繁に王都に来ているというのも納得できる。

（すごい方に道案内を頼んだのね、私……）

貧乏貴族のオールディス家とは、同じ貴族でも天と地ほどの差がある。カレンを見下してもおかしくないはずだが、少年――シリルにそんな様子はなかった。

「オールディス伯爵家といったら、由緒正しい家柄ですね。これも何かの縁だ。どうですか、僕と一曲踊っていただけませんか？」

「え、でも……」

「この間のお礼だとでも思って。ね？」

そう言われては素直に頷くしかない。カレンはドリンクをテーブルに戻し、シリルの手を取って大広間の中心に向かった。そこではすでに音楽にのって、数名の令息令嬢が踊っている。

カレンとシリルもその中に混ざり、手を繋いでダンスを踊った。

ヒールでシリルの足を踏まないように注意しながら、カレンはステップを踏む。

「カレンさん、ご趣味はなんですか？」

「えっと、家庭菜園です」

「素晴らしい！　作物を育てるって素晴らしいことですよね」

きらきらと目を輝かせて言うシリルに、カレンは「そうですね」と相槌を打った。

こんなことを言ってもらえるのは初めてだ。大抵、趣味を聞かれて家庭菜園と言ったら怪訝な顔をされる。それか、それほどまでに貧乏なのかと見下されることが大半だ。

しかし、シリルには違う風に見えるらしい。多くの農作物を出荷することで富んでいる地方の地方伯の令息だ。菜園には理解があるのだろう。

「今度、お宅の菜園を見に行ってもいいですか？」

「え、ええ。構いませんけど……」

こんな反応をされるのは初めてなので、戸惑いを隠せない。そう思っていたら、

「いてっ」

「ああっ、すみません！」

ヒールで思いっ切りシリルの足を踏んでしまった。まずい。なんて失礼なことを。

冷や汗を掻くカレンだったが、シリルはにっこり笑って「大丈夫です」と言い、ダンスを続けた。おかげで周囲に失態を知られることはなく、踊り終えることができた。

「本当にすみません。足、大丈夫ですか？」

「平気ですよ。ご心配なさらず」

壁際に移動し、そんなやりとりをしたら、シリルは、

「では、連絡先を交換しませんか？　手紙をお送りしたいので」

「あ、はい」

互いの実家の住所を教え合った後、シリルは「では」と言ってその場を立ち去っていった。その動作は滑らかで、本当にヒールで足を踏まれたことを感じさせない。

（優しくていい人……貴族の中でもあんな人がいるんだ）

シリルの背を見送っていると、背後からぽんと肩を叩かれた。誰だと思い、後ろを振り返るとそこに立っていたのはアデラだった。

「カレン、今のはエーメリー伯爵令息じゃなかった!?」

「そうですけど……」

「声をかけられたの!? いいじゃない、彼はとってもお金持ちよ!」

金があるなしの問題なのかと突っ込みを入れたくなったが、カレンは曖昧《あいまい》に笑っておくだけにとどめることにした。突っ込みを入れたところで、玉の輿に乗れるじゃないとでも返ってきそうだ。

「アデラさんは男性陣の相手をしていなくていいんですか?」

「いいのよ。そんなことより、エーメリー伯爵令息はどうだった? 気は合いそう?」

食いついてくるなあ、とカレンは内心苦笑した。これは何か進展を期待している様子だ。誤解させないように、カレンは事情を話しておくことにした。

事情を聞いたアデラは、けれど「次に会う約束もしたのね!?」と珍しいはしゃぎようだ。言わなきゃよかったな、とカレンは後悔した。

「私の作る作物に興味があるだけですよ」

「それでもきっかけにはなるものよ。家庭菜園なんてみすぼらしい趣味も役に立つものねえ」

家庭菜園をみすぼらしい趣味呼ばわり。

さすがのカレンも苛々《いらいら》してきたが、それを表に出すわけにもいかないので、「ちょっとドリンク、取ってきますね」と口実を作ってアデラの傍を離れた。

(はあ、本当にあの人は……)

失礼にもほどがある。けれど、アデラが言っていることは、貴族の誰しもが思っていることかもしれないとも思う。シリルが変わり者なだけで。

(家庭菜園、楽しいんだけどなあ)

自分はやはり平民の方が性に合っているのかもしれない。なんで貴族に生まれてきたのだろう。両親の元に生まれてきたのはありがたいと思っているが、そう疑問に思わずにはいられない。

その後は、何人かの男性とダンスを踊って、王宮舞踏会は幕を閉じた。

翌日。

(やったあ、ようやく家に帰れる)

カレンはうきうき気分で荷物を持ち、二階から一階に下りた。広間のソファーにはアデラが足を組んで座っており、カレンはそんな彼女の前に行く。

「それじゃあアデラさん、お世話になりました」

「帰るのね。クライドによろしく」

「はい」

アデラはもうしばらく王都に滞在するそうだ。帰りが一緒でないことも、カレンがうきうきしている理由の一つである。

「馬車はうちの前に停まっているから、気を付けて帰りなさい。まあ、うちの御者に任せておけば安心だろうけれどね」

「そうですね。何から何までお世話になってすみません」

「いいのよ。また一緒に舞踏会に来ましょうね」

「あ、あはは……」

できれば、ごめんこうむりたい——などと口に出せるわけはなく、「ありがとうございました」と頭を下げて玄関に向かった。すると、玄関にはハトソン伯爵家の使用人が総出で見送りに現れており、カレンは恐縮して会釈しながらタウンハウスを出た。

アデラの言う通り、馬車はタウンハウスの前に停まっていた。御者台で待機していた御者に声をかけ、扉を開けてもらって中の席に座る。アデラがいないのでゆっくりとくつろげるというものだ。

ほどなくして馬のいななきと共に、馬車はゆっくりと動き出した。

(はあ、無事に終わってよかった。セシリアさんは総本山に戻ったのかな?)

手紙をくれると言っていたが、家に帰ったら届いているかもしれない。一体、どんなことが書いてあるのだろう。文通する友人などいなかったものだから、なんだか楽しみだ。

けれど、クライドにはどう説明しよう。精霊姫だと素直に打ち明けていいものか悩む。どうやって知り合ったのかと聞かれたら、なんて答えればいいのか。

（シリルさんとのことをセシリアさんに代えればいいかな？　王都で迷子になっていたところを助けてもらって、そこで意気投合したとでも言えばいいかも）

年齢は同い年だったし、無理のない話のはずだ。よし、そうしようと決めたところで、馬車は王都を出た。石畳の道から舗装されていない砂利道に変わるので、窓を見なくても分かる。ここから地元まではずっと砂利道だ。

（あ、途中でローテルロー橋を通るから、そこだけは舗装されている道か）

ローテルロー橋は、国内で最大級の橋である。広大なモルク川に架けられた橋であり、王都に来る時も橋の上を通った。長い、長い橋で橋の上からは穏やかな川の景色を楽しむことができる。カレンも何度か見ているが、天気のいい日は陽光が反射してきらきらと輝くので美しい。

（夕焼けで染まった時なんかも綺麗なんだろうなあ。でも川って、お義兄様とのことを思い出すのよねえ……）

子供の頃、将来の夢を聞かれた時のこと。クライドに俺の嫁になるかと聞かれて、貧乏は嫌だからお金持ちの人と結婚すると答えてしまった、申し訳ない思い出。素直に頷かなかったことを何十回、いや何百回後悔したことか。

カレンはコトン、と窓にもたれかかった。

（……いっそ、フラれたら諦めもつくのかな）

時々そんなことを思う。クライド本人の口から、お前のことは義妹としか見れないとはっきりと言われれば、長年の片想いに終止符を打つことができるかもしれない。

けれど、この気持ちを打ち明けてしまったら、きっとこれまでの関係が壊れてしまう。それが何よりも怖い。

（アデラさんが非の打ち所がない令嬢だったらよかったのに）

カレンがどう足掻《あが》いても敵わない、完璧な淑女が相手だったら諦めもついたかもしれない。けれど、現実はあの通りなので、どうして？　という疑問が出てきてしまう。

（まあ、アデラさんも悪い人じゃないんだけどねぇ。こうしてきちんと送ってくれるし）

実際に送ってくれるのは御者だが、それでも彼女の命令がないとできないことである。失礼なことをよく言う人とはいえ、ドレスをオーダーメイドで作ってくれたり、家を訪ねてくる時にアップルパイを持参してきたりと、まるで気遣いのできない人でもないことは確かだ。

（お義兄様が好きなんだから仕方ない、か）

そう己に言い聞かせるしかない。

そんなことをぐるぐると考えていたら、馬車の揺れが心地よくなってきてうたた寝してしまった。気付いた時には昼過ぎで、ローテルロー橋を過ぎてしまっていた。アデラが同乗していないので、ゆっくり川の景色を眺められると思っていたのに残念だ。

その後はひたすら砂利道を走り、三日後――。

「ありがとうございました」

馬車から降りたカレンは、御者に頭を下げた。「いえいえ」と御者は笑って言い、御者台に戻って馬車で去っていった。

とうとう帰って来たのだ、我が家に。

カレンはまず家の前に設置してある郵便受けを覗《のぞ》き、中に何も入っていないことを確認してから、次に菜園の様子を見た。すると、作物は枯れることなく、出発した時と同様に青々としている。クライドがしっかり水を与えてくれていたのだろう。

ほっとしたカレンは、ようやく家の中に入った。

「ただいまー」

「きゅう！」

家の鍵を開ける音を聞きつけたのだろう。出迎えてくれたのは子竜で、勢いよく胸に飛び込んできた。そんな子竜の頭をよしよしと撫でる。

「何日も不在にしてごめんね。いい子にしてた？」

「きゅうきゅう！」

頬を擦り寄せる仕草が、相変わらず可愛らしい。もう離れないと言わんばかりに胸元にしがみつく子竜を微笑ましく思いながら、カレンはまず家中の窓を開けた。熱気がこもっている家の中に風が通る。

次いで洗濯室に向かった。すると、洗濯籠はクライドの洗濯物で溢れ返っており、カレンは苦笑する。毎度のことながらすごい量だ。

洗濯物の山にさらに自身の洗濯物を加え、一旦洗濯室を出て自室に行く。残りの荷物をぱぱっと片付けて、再び洗濯室に戻り、早速洗濯に取りかかる。

まだ昼前だ。夏なので外に干せば、すぐに乾くだろう。

洗濯が終わった後は、家の中の掃除だ。思っていた通り、床や棚の上が埃まみれになっており、普段より丁寧に掃除をした。途中、お腹が空いて昼食を作りに台所へ行ったら、洗い場に食器が溜まっていて、やはりクライドは家事が苦手だなあとカレンは苦笑するしかなかった。

「ほら、チャド。今から火を使うよー。危ないから離れてね」

ずっと胸元にしがみついていた子竜は、その言葉でようやく離れた。カレンは、子竜がぱたぱたと傍を飛んでいる中で、ささっと昼食を作って空腹を満たした。子竜にも分け与えたのだが、えらく感動した様子だったことから、クライドの料理レベルが窺い知れた。

昼食を食べた後は、食器をまとめて洗って掃除を再開した。そうして家事をしていたら、あっという間に夕方になって、洗濯物を取り込んだり、菜園に水やりをしたり、夕食を作ったりで大忙しだった。

（はあ、舞踏会から帰って来た日って本当に忙しいわ）

ゆったりと湯船に浸かりながら、カレンは「ふぅ」と息をついた。長旅で疲れた体に温かい湯は、じんわりと染み入る。あれほどくっついていた子竜は体を拭いてから解放したので、今頃広間のソファーで丸くなっているだろう。

(でもお義兄様と久しぶりに会えるのよね。そういえば、腕の怪我はよくなったのかな？)

よくなっているといいのだけれど。

(早く会いたいなあ。バナナチップスも喜んでくれるといいんだけど)

子竜にはまだ渡していない。クライドに渡す時に一緒に渡そうと思ってのことだ。彼らがビックリしつつも、喜んでくれる姿を想像するとなんだか楽しみだ。

湯船から上がったカレンは着替え、広間に向かった。そこにはやはりソファーで丸くなっている子竜がいて、そんな子竜の隣にカレンは腰を下ろした。すると、子竜は膝の上に乗ってきて、カレンが家を不在にしていた寂しさを埋めるように甘えてきた。

「甘えん坊ねえ、チャドは」

「きゅう」

体を撫でてやると、子竜は心地よさそうにつぶらな目を閉じる。しかし、ぴくぴくと耳を動かしていることから起きてはいるようだ。おそらく、クライドの帰りを待っているのだろう。

そうしてのんびりとクライドの帰宅を待っていると、いつもの時間にクライドは帰って来た。いち早く反応した子竜はぱたぱたと玄関に飛んでいき、カレンもその後を追う。

「ただいま。おう、チャド」

「お帰り、お義兄様」

カレンが玄関に着いた時には、クライドは子竜を片腕で抱え上げており、あやしていた。そして、カレンの姿を見ると破顔する。

「よう、帰ってたのか」

「うん。昼前にね」

「舞踏会はどうだった？」

「いつも通りよ。何人かと踊って、それだけ」

「どんな奴と踊ったんだ？」

「さあ……よく覚えてない。あ、でもエーメリー伯爵令息と踊ったよ」

「エーメリー伯爵令息!?　大貴族じゃないか！」

すごいなあ、とクライドは感心している風情である。そこに嫉妬《しっと》の類はなくて、やはりクライドにとってカレンはあくまで義妹だと現実を突き付けられた気分だった。

「次に会う約束はしたのか？」

「家庭菜園が趣味だって話したら、今度見てみたいって言ってた」

「へえ、思わぬ趣味がきっかけになるもんだな」

「そういうのじゃないわよ……」

シリルが興味あるのは、カレンの作る作物だろう。あのエーメリー伯爵令息ならば、結婚相手など選び放題のはずだ。貧乏貴族であるカレンを相手にするわけがない。

「ははっ、まあ、無事に帰って来てよかったよ」

「そういえば、菜園に水やりしてくれてありがとう」

「お前が大切にしてる菜園だからな。一応、朝と夜の二回やっておいたぞ」

「ありがとう！　本当に助かったわ」

家事はさっぱりだが、菜園の水やりをしてくれただけでありがたい。

「チャドはいい子にしてた？」

「ああ。留守番もできるし、いい子にしてた。褒めてやれ」

「そうなんだ。偉いわねえ、チャド」

「きゅう！」

子竜の頭を優しく撫でると、子竜は嬉しそうに鳴いた。

カレンは、はたと思い出す。

「そうだ！　二人にお土産があるのよ。ちょっと待ってて」

カレンは早足で自室に行き、荷物からバナナチップスの袋を二つ取り出した。それを腕に抱え、クライドが待つ玄関へと向かう。

「お待たせ！　はい、これ！」

「サンキュー。……ん？　なんだ、これ」

　バナナチップスの袋を受け取ったクライドは、不思議そうに目を瞬かせている。子竜もふんふんと匂いを嗅いでいて興味津々だ。

「バナナチップスよ。バナナを輪切りにして乾燥させたお菓子で、王都以外じゃなかなか手に入らないんだって」

「へえ～、バナナチップスか。おいしそうだな、なあチャド」

「きゅう！」

「ふふ、夕食の後にでも食べてみて」

　カレンも試食で食べたが、甘過ぎずさくさくとしていておいしかった。彼らの口にも合うといいのだけれど。

「先に夕食にする？　それともお風呂？」

「メシにする。久しぶりにお前の手料理が食べられるんだからな。楽しみだ」

　ほくほくと嬉しそうなクライドの顔に、カレンまで嬉しくなる。

（お義兄様のこの顔に弱いのよねえ、私）

　これまでの家事の疲れも吹っ飛ぶというものだ。

　食堂に向かい、テーブルの椅子に座ったカレンとクライドは、両手を合わせて「いただきます」と言ってから、夕食を始めた。今日は時間がなかったので手抜きだが、それでもクライドは喜んでくれた。

「はあ〜、やっぱりうまいなあ、お前のメシは」

「ふふ、ありがとう」

「生き返った気分だ。なあ、チャド」

「きゅう！」

一体、カレンが不在にしていた間、何を食べていたのだろう。気になるところではあるが、訊くのも恐ろしい。食材を丸かじりだとかだったらどうしよう。

（さ、さすがにそれはないわよね）

いや、しかし料理のできないクライドである。あり得そうで怖い。

（今日からきちんとしたものを食べさせてあげなくちゃ）

もしクライドが結婚したら、その役目が自分でなくなるのが寂しい。そんなことを思ったカレンは、ふとアデラのことを思い出した。

「あ、そういえば、アデラさんがお義兄様によろしくだって」

「おう、そうか」

「……気にならない？　アデラさんの舞踏会での様子とか」

「え？　あ、ああ、まあ信じてるからな。ははっ」

「ふーん」

そういうものだろうか。カレンだったら、クライドが舞踏会に参加したら、その時の様子がすっごく気になるけれど。どんな人と踊ったのかとか、何人と踊ったのかだとか。

人それぞれなのかもしれないと思いながら、カレンは冷製スープをスプーンですくって口に運んだ。

「ところで、腕はもう大丈夫？」

「ああ、平気だ。心配させて悪かったな」

「ううん、治ったのならよかった」

警吏官という仕事は、常に危険と隣り合わせだ。平和な街とはいえ、無事に帰ってきますようにといつも願っている。

「ごちそうさま。さーて、バナナチップスを食べてみるか」

「きゅうきゅう！」

「お、チャドも食いたいか」

「きゅう！」

クライドはテーブルの端に置いていたバナナチップスの袋を手に取り、封を開けてバナナチップスを一枚口に放り込んだ。ぱりっと小気味いい音がして、「うまいなあ」とひとりごちる。

そして子竜にも一枚分け与えてやると、どうやらおいしかったようで前脚でちょんちょんと催促していた。

彼らの口にも合ったようで何よりだ。

クライドと子竜はあっという間に一袋を食べ切ってしまい、次の袋にも手を伸ばそうとしたので、カレンはひょいと二袋目を手に取ってお預けを食らわせた。

「ダメ、食べ過ぎよ。また明日ね」

「ちぇっ、仕方ないかあ。また明日だってよ、チャド」

「きゅう～……」

子竜は尻尾を下げ、しょんぼりとしている。よほどおいしかったようだ。

「お義兄様はお風呂に入ってきたら？」

「そうだな。じゃあ後片付け頼んだ」

そう言ってクライドは席を立ち、浴室に向かっていった。カレンも立ち上がり、食器の後片付けに取りかかる。子竜はぱたぱたと広間の方へと飛んでいった。またソファーで丸くなるのだろう。

（あ、そういえばセシリアさんのことを話すのを忘れてた。……まあ、いいか。こっちからあえて話すことでもないよね）

聞かれたら答えればいい。

そんなことを思いながら食器を片付けたカレンは、広間のソファーにもたれかかった。すると、長旅の疲れか、はたまた家事の疲れか、あるいはその両方か――睡魔が襲ってきて、うとうとしてきた。その心地よさに目を閉じていたカレンの体が、ある時ふわっと浮く。

なんだか人の温もりが感じられる。けれど、それがなんなのか確認する前に意識が眠りの世界に入ってしまい、カレンは温もりに身を委ねた。

第7章　お義兄様のアイスティー

夢を見た。

ウエディングドレスを着て、教会の身廊《しんろう》をゆっくりと歩く。神父の前には花婿姿のクライドが立っていて、彼の隣に並んだら神父は言うのだ。

「病める時も健やかなる時も永遠の愛を誓いますか？」

「「はい」」

「では、誓いのキスを」

クライドと向き合い、顔を覆っていたベールがクライドの手によってめくられる。そしてぐっとクライドの顔が近付いてきて——。

「きゃあああああ！」

そこで、カレンは寝台から飛び起きた。ゼーハーと息をしながら、どくんどくんと脈打っている心臓の鼓動を宥める。

周囲を見渡すとそこは自室で、夢だったと気付いた。

（私ったらなんて夢を……！）

クライドと結婚したいあまり、とんでもない夢を見てしまった。恥ずかしい。

一人で身悶えていたら、ドタバタと足音が聞こえてきて部屋の扉が開いた。

「カレン！　どうした!?」

寝間着姿で飛び込んできたのはクライドで、その後ろには子竜が飛んでいる。どうやらカレンの悲鳴を聞いて駆けつけたようだ。

部屋に入ってきたクライドは、警吏官らしく冷静に周囲を見渡した。

「侵入者……ではないな。何かあったのか？」

「あ、えっと、怖い夢を見ちゃって……」

まともにクライドの顔が見られない。枕で顔を隠しながら、カレンは話を誤魔化した。

「そうか……すごい悲鳴だったぞ。よっぽど怖かったんだな。大丈夫か？」

寝台までやって来たクライドは、気遣わしげな顔をして寝台に腰かけた。そして、カレンの頭にぽんと手を置き、優しく頭を撫でる。子竜もぱたぱたと飛んできてカレンの膝の上に乗った。

「だ、大丈夫だよ。心配かけてごめんなさい」

「何言ってるんだ。俺には甘えていいんだぞ。お前は昔からしっかりしてるからなぁ」

「そんなことないよ」

しっかりしているように見えるのなら、それは四つ年上のクライドと同等に並び立ちたくて背伸びしているだけで。

なんだかまだ胸がどきどきしている。おそらく顔も真っ赤になっているだろう。こんな状態では、枕を顔から離すことができない。

「もう大丈夫だから部屋に戻って。私、着替えて朝食の準備をするから」

「メシの準備ならゆっくりでいい。俺、今日仕事休みだから」

「でもお腹すいたでしょ？　私も何か作業をして夢のことを早く忘れたいの」

「……そうか？　じゃあ部屋に戻る」

クライドは寝台から立ち上がって、子竜を腕に抱え、部屋を出ていった。一人になったカレンは、ようやく枕を顔から離すことができて「ふぅ」と息をつく。

（ああもう、恥ずかしい……お義兄様とキ、キスする夢だなんて）

キスをする前に目覚めてよかった。もしキスをしていたら、しばらくクライドの顔をまともに見られなかっただろう。

けれど、とも思う。

（夢の中でくらい、キスしてみたかったかも……）

本音がぽつりとこぼれ出る。しかし、同時に顔から火が吹き出そうになって、カレンは頭を振った。

（って、私ったらはしたない。よし、起きよう）

頭を切り替え、寝台から立ち上がり、クローゼットから普段着を取り出そうとしたカレンは、自分が昨日着ていたワンピース姿のままであることに気付いた。

（……あ、そっか。私、昨日ソファーでうたた寝しちゃったんだ）

ということは、ここまで運んできてくれたのはクライドか。夢うつつの中で感じたあの温もりは、クライドのものだったのだ。

（後でお礼を言わないと……って、しわくちゃだ。仕方ないけど）

新しいワンピースに着替えることにして、姿見を見ながら髪も整えた。腰まで伸びた栗色の髪は癖がなく、寝癖もつきにくい。今日も真っ直ぐで艶やかだ。

身支度を整えたら、外の菜園に向かうついでに郵便受けを覗く。すると一通の手紙が入っており、差出人を確認するとセシリアと書かれていた。

（セシリアさんからだ。何が書かれてあるんだろう）

気になるが、今は朝食を用意せねば。一旦ポケットにしまって、菜園に水やりをしつつ、収穫もして家の中に戻った。そして台所に立ち、朝食作りに取りかかる。

「お、いい匂いだな」

「お義兄様。それにチャド」

着替えたクライドが、子竜を腕に抱いて食堂に顔を出した。クライドは興味津々といった様子でフライパンの中を背後から覗き込む。横に接近してきたクライドの唇につい目が行ってしまい、カレンは頬が熱くなるのを感じた。

「今日は目玉焼きとソーセージか」

「う、うん」

今朝の献立が分かったところで、クライドは離れていった。カレンがさりげなく振り返ると、クライドはテーブルの席に着いて、子竜と戯れている。

(ああ、今日は朝からどきどきしっぱなしだわ。心臓に悪そう)

そんなことを考えながら、カレンは皿に目玉焼きとソーセージを盛りつけ、テーブルに運んだ。そこには先に作っておいた新鮮な野菜のサラダと、パンも置いてあり、彩りが華やかになる。

カレンも席に着いて、「お待たせ」とクライドに声をかけた。

「ありがとな。じゃあ食うか」

「うん」

いただきます、と声を揃えて合掌し、カレンとクライドは朝食を始めた。

「そういえば、お義兄様。昨日は部屋まで運んでくれてありがとう。重かったでしょう? ごめんなさい」

「ああ、そのことか。気にするな。長旅で疲れてたんだろう」

俺は体鍛えてるし、とクライドは笑いながら上腕二頭筋を見せつけた。肘を曲げると、筋肉がこんもりと盛り上がっているのがよく分かる。

「それに軽かったぞ。もっと食べた方がいいんじゃないのか?」

「お世辞なんて言ったって、何も出ないからね」

「お世辞じゃないって。本当に軽かった」

「じゃあ、お義兄様が力持ちなだけでしょ」

カレンはぴしゃりと返す。素直に「ありがとう」と言えたらいいものを――と、内心頭を抱えた。こういうところが可愛くないのだ、自分は。

「照れるなよ。本当は嬉しいんだろ？」

「別に嬉しくない」

つんとして言うと、クライドは「ははっ」と楽しげに笑った。いつもそうだ。クライドはカレンの可愛げのない態度も、楽しそうに笑って受け止めてくれる。それに甘えてばかりいてはいけないと頭では分かっているのだけれど、なかなか変わることができない。

一体どうしたらいいものか――と考えながら、カレンは子竜にサラダのトマトを分け与えた。子竜は目を輝かせてかじりつく。一切れを小さな口であっという間に食べてしまい、もっともっとと前脚で催促するので、今度はスライスしたきゅうりを分け与えた。

それも瞬く間に食べ終わる子竜の食欲を見て、カレンはふと思う。

「チャドにもサラダを作ってあげればいいかなあ」

「そうすればいいんじゃないか？　菜園のものが大好きみたいだし」

「きゅう！」

決定、と言わんばかりに子竜は絶妙な間合いで鳴いた。それがなんだかおかしくて、カレンとクライドは顔を見合わせて笑い合う。

穏やかな時間。こんな時間がずっと続けばいいのに、とカレンは思う。

しかし、朝食の時間は終わって食器の後片付けに立っている時、何かがポケットから滑り落ちた。それをちょうど席を立ったクライドが拾う。

「カレン、何か落としたぞ。これは手紙だな」

「え？　ああ、セシリアさんからの手紙だわ。ポケットに入れていたの忘れてた」

「セシリア？　聞いたことのない名前だな。友達か？」

「うん。実は王都で知り合った人で、連絡先を交換したの」

カレンはクライドの手から手紙を受け取った。そして、今度はテーブルの上に置いておく。

クライドは「へえ〜」と物珍しそうに相槌を打つだけで、深くは聞いてこなかった。これなら、わざわざ言い訳を考えなくてもよかったな、とカレンは思った。

「じゃあ俺、広間にいるから。何かあったら呼んでくれ」

「うん。今日はゆっくりしてて」

カレンが不在にしている間、仕事と慣れない家事の両立で大変だっただろう。今日はゆっくり休ませてあげたい。

食堂を出ていくクライドの後に、子竜がぱたぱたとついていった。すっかりクライドになついている。

（よし。さっさと後片付け、終わらせちゃおう）

手早く食器を洗い、水滴を拭いて食器棚に戻した後、カレンは再びテーブルの椅子に座って、セシリアからの手紙を開封した。

『カレンさんへ

暑い日が続いていますが、お元気にしていますか？

私は元気です。ところで、総本山に戻ってから作物を育ててみたのですが、やはりあまりおいしくありません。何故でしょう？

早くカレンさんが作った作物を食べてみたいです。というわけで、二週間後にお宅にお邪魔させていただきたいのですが、よろしいでしょうか？

色よい返事を待っています。

セシリア』

手紙を読んだカレンは、肝を冷やした。

（セ、セシリアさん。これじゃあ、自分が精霊姫だって私に教えましたと言っているようなものだけど、大丈夫なのかな？）

手紙は検閲されている可能性が高い。カレンが精霊姫だと書いていないのが幸いだ。今度、会ったら忠告せねば。

カレンは手紙を折りたたんで封筒に戻し、テーブルの上に置いた。返事は後で書くことにして、残りの家事に取りかかることにする。まずは洗濯からだ。

不在していた間に溜まっていた分は昨日洗濯したので、今日は普段通りの量である。ぱぱっと済ませて、外に干しに向かった。

（あー、今日もいい天気。洗濯日和だわ）

風がそよそよと吹く。物干し竿に干した洗濯物が風に揺れて、今日も平和だなあとカレンは幸せを噛み締めた。自宅に帰って来たという実感が湧く。

そうして家に戻ろうとしたところ、

「あ、カレン！」

「あら、ケアリー。おはよう」

「おはよう。帰って来たんだね」

笑顔を弾けさせ、駆け寄ってきたのは木箱を抱えたケアリーだった。彼女と会うのも久しぶりである。

「どうしたの？　りんごがなくなった？」

「えへへ、実はそうなの。だからカレンが帰って来てないか、様子を見に来たんだよ〜」

「相変わらず、お店は繁盛してるみたいだね」

「おかげさまで」

いつもの道を使って裏庭に回ると、広間にいるクライドに姿を見られてしまう。そこでカレンは、反対側から回り込んで裏庭に向かうことにして、ケアリーと共に裏庭に行った。

そこには変わらずりんごの木がそびえ立っている。しかし、りんごは実っていない。すべてケアリーの家に渡したという方便になっているからである。

カレンは立て掛けてある梯子を上り、精霊姫の力でりんごを実らせて次々と木箱に放り込んでいった。その様子をケアリーは「すご～い」と言って、楽しそうに眺めている。これをすごいと一言で済ませられるケアリーこそが、実は一番すごいのではないかと思う。

(まあ、精霊姫だとバレないからいいんだけどね……)

木箱いっぱいにりんごを詰め込んだところで、カレンは梯子から下りて木箱をケアリーと共に持ち上げた。このまま、ケアリーの家に直行だ。

「そういえば、舞踏会はどうだった？」

「うーん、暑かったからちょっと疲れたかなあ」

「そうじゃなくて、誰かいい人はいなかったの？」

「うん」

即答すると、ケアリーは珍しく苦笑いした。

「カレンって本当に浮いた話を聞かないよね～」

「そういうケアリーは最近どうなのよ、ブライアンとは」

ブライアンとは、街の学校で同学年だった男子である。ケアリーとは幼馴染《おさななじみ》で二人は恋人同士だ。学校一のバカップルとして有名で、いつものろけ話を微笑ましく聞いていた。

ケアリーはふわりと笑った。

「もちろん、ラブラブだよお。明後日の夏祭りも一緒に回るんだあ」

「夏祭り？　……ああ、そういえば明後日だっけ」

王宮舞踏会のことに気を取られてすっかり忘れていた。

ケアリーの言う夏祭りとは、この街で催される祭りのことで、街中が総力を挙げて行うため、そこそこ盛り上がるし、終盤には花火も上がる。カレンも子供の頃は、クライドと一緒に出店を回ったものだ。

（でも警吏官になってからは、それも無理なのよねえ）

警吏官は総出で街の警備に回る。仕事を休むのは不可能なので、クライドが警吏官になってからは一度も一緒に夏祭りに行ったことがない。

警吏官として街の治安のために働くクライドを尊敬しているが、一緒にイベントを楽しめなくなって残念というのもカレンの本心であった。

「カレンは誰かと行かないの？」

カレンはふむと考える。誰かと参加しようにも、誘える相手がいない。できるならクライドと一緒に回りたいが、先に述べた理由でクライドは無理だ。

「うーん、暑いからパスするわ」

「そっか～、早くカレンにもいい人が見つかるといいね」

「ふふ、ありがとう」

そうして他愛のないやりとりをしていたら、ケアリーの家に着いた。裏口から回り、厨房に木箱を運び込む。すると、仕込み作業中だったケアリーの父がカレンに気付いて、戸口にやって来た。

「これはカレン様！　いつもすみません！」

「いいんですよ、おじさんもお忙しいでしょうし。お店の経営は順調ですか？」

「はい、おかげさまで。どうぞ、こちらをお納め下さい」

差し出されたのはお金で、カレンはありがたく受け取った。しかし、財布を持っていないことに気付いて眉尻を下げる。

「どうしよう……財布を持ってないわ」

直接ポケットに入れるのでは、落とさないかが心配になる。困り顔のカレンにケアリーは明るく声をかけた。

「あ、じゃあ私の余ってる財布をあげようか？」

「え、いいの？」

「うん。もう使ってないものだから」

「ありがとう！　じゃあお願いできるかな？」

「分かった。すぐ取って来るね」

にこりと笑って、ケアリーは厨房を出ていった。二階の自宅に向かったのだろう。ドタバタと階段を上る音が聞こえる。

ほどなくして、息を弾ませたケアリーが戻ってきた。その手にあったのは、桃色の水玉模様の財布で、実にケアリーのものっぽい。

「はい、これ。カレンの趣味じゃないかもしれないけど」

「ううん、そんなことないよ。本当にありがとう」

財布を受け取ったカレンは、財布の中にお金を入れてポケットに押し込んだ。これなら落とすことはないだろう。

「じゃあ失礼します。ケアリー、またね」

「うん、ありがとね〜」

ケアリーの家を出て自宅に戻ったカレンは、家事をする手を再開した。外に置きっぱなしになっていた洗濯籠を腕に抱え、家の中に入る。すると、子竜を腕に抱えたクライドがひょっこり出てきた。

「あら、お義兄様。どうかしたの？」

「遅かったから、なんかあったのかなって」

「ああ、実はさっきケアリーが家の前に来て、お喋りしてたのよ」

「ケアリーちゃんが？　何か用でもあったのか？　こんな朝早くに」

確かにそうだ。遊びに来たといっても時間が早過ぎるし、何より家に上がっていかずにすぐ帰ったのがおかしい。クライドのもっともな疑問にカレンは頭を回した。

「えーっと、前に財布を貸してて、それを返しに来たの。ほら、お店が開いてからだと看板娘のケアリーも忙しいでしょ？　だからこの時間に」

「ああ、なるほど」

クライドは納得した様子だ。なんとか誤魔化せてよかった。

「ところで、何か手伝えることはないか？」

「いいわよ。お義兄様はゆっくりしてて」

「そうか？」

クライドは広間に戻っていった。りんごを収穫していたことは、バレていないらしい。秘密があるというのも大変だ。いっそ話したらいいのだろうか。けれど、カレンが精霊姫だと分かった時の対応がどうなるか分からないので、話すのも不安である。

ともかく今は、洗濯籠を元の位置に戻して掃除をしよう、とカレンは洗濯室に向かった。洗濯籠を置いたら、廊下にある掃除用具入れからモップを取り出して、床を磨いていく。

「ほら、お義兄様。足をどけて」

「おっと、悪い」

ソファーに座っていたクライドは足を上げつつ、くしゃりと笑った。

「いつもありがとな、家中ピカピカにしてくれて」

「こんなボロい家なんだから、せめて綺麗にしておかないとね」

またもや可愛くないことを言ってしまう。素直に「ありがとう」でいいのに――。

（私もケアリーみたいにほわほわして可愛かったら、好きになってもらえたかな？）

ケアリーは異性からモテる。天真爛漫で素直で明るくて――。街の学校時代もよく告白されていた。ブライアンと付き合い出してからは、告白されることも減ったが、それでも異性には受けがいいタイプだ。

対してカレンはというと……告白された経験はなし。街の学校では貴族だからと言い訳もできたが、その貴族からも告白された経験がないのだから、確実にモテないタイプであろう。

（……あ、でもアデラさんが好きなくらいだから、ケアリーのようになれても、好きにはなってもらえないかも）

今と同じ、義妹として可愛がられるだけの気もする。クライドの好みは難解だ。

そんなことをつらつら考えながら、廊下の床を磨いていく。時間をかけて家中の床を磨き終えたら、棚やテーブル、椅子を布で拭いて、それも終わったら浴室の掃除。

掃除をしていると、あっという間に時間が経つ。

「ふぅ、やっと終わった」

掃除を終えたカレンは広間のソファーに座り、一息ついた。そんなカレンの前に飲み物が差し出される。

「ほら。お疲れさん」

「お義兄様……これ、お義兄様が作ったの？」

「ああ。アイスティーだ。好きだろ？」

「う、うん」

アイスティーを受け取ったカレンは、ごくりと唾を飲み込んだ。

透明なグラスを満たしているアイスティーの色がやたら濃い。思い切って一口飲んでみると、やはり味が濃くて渋みが強かった。とてもじゃないが、おいしいとは言い難い。

……けれど。

「ありがとう、お義兄様」

何かをしようとしてくれる、その心遣いが嬉しい。

笑みを見せるカレンに、クライドは照れくさそうに笑った。

「ははっ、素直だな」

「もう茶化さないでよ」

「悪い、悪い。ところで、それうまいか？」

「え、おいしくないけど？」

「マジかー、自信作だったんだけどなあ」

「お義兄様は大雑把《おおざっぱ》なの。紅茶の葉を入れ過ぎなのよ」

アイスティーを作るのにだって技術がいるものだ。だからこそ、アデラに出した時にも「専門のコックがいないとねえ」とぐちぐち言っていたのだし。

（まあ、ハトソン伯爵家に婿に行けば、家事なんてする必要ないだろうけど）

あれだけの使用人が揃っていれば、家事スキルが壊滅的なクライドでも、何不自由なく暮らしていけるだろう。オールディス家での暮らしより、遥かにいい暮らしが待っている。

――と、そこまで考えたところで、カレンは平行線を辿っている話題のことを思い出した。

（そういえば、まだ説得できてなかった。でもどう説得すればいいのかな……？）

クライドの決意は固そうだった。カレンがあれこれ主張したところで、そう簡単に考えを覆《くつがえ》すようには思えない。ならば、どう説得すればいいのか。

（誰かに相談……そうだ、セシリアさんなら）

カレンがクライドに片想いしていることを、セシリアなら知っている。彼女に相談すれば、何かいい案が見つかるかもしれない。

カレンはグラスのアイスティーを一気に飲み干し、ソファーを立った。

「お、どうした、カレン」

「セシリアさんに手紙のお返事書いてくる」

セシリアからの手紙は食堂だ。それを拾ってから、カレンは自室に入った。文机に座り、引き出しから便箋を取り出して文字をしたためる。文字が乾いたら三つ折りに折って、封筒に入れ、宛先を書いて。

「お義兄様、ちょっと郵便局に行ってくるから」

「おう、気を付けてな」

クライドに声をかけ、カレンは外に出た。そして、じりじりとした太陽の下、郵便局に向かったのだった。

「じゃあお願いします」

「承《うけたまわ》りました」

郵便局に手紙を預けて外に出たカレンの耳に、

「あ、カレン様！」

爽やかな男性の声が届いた。振り返ると、駆け寄って来たのは顔見知りの青年で、にこにこと人懐っこい笑顔を向けてくる。

「ご無沙汰してます。お元気でしたか？」

「ブライアン君」

そう、声をかけてきたのは、ケアリーの彼氏であるブライアンだった。同い年だが、敬意を見せてくる彼にカレンも自然と敬語になってしまう。

「お久しぶりです。元気にしていましたよ。ブライアン君もお変わりなく？」

「はい！　自分も元気にしてましたよ。ケアリーがいつもお世話になっているようで。アップルパイ、食べました。おいしかったです」

「あ、あはは……ありがとうございます」

ケアリーめ、話したのか。さすがに精霊姫の力のことは話していないだろうが、それでも何故りんごの木が生えているのかと疑問に思われて、そこからカレンが精霊姫だということに勘付かれたら困る。

そんな警戒をするカレンとは対照的に、ブライアンはのほほんとしたものだ。

「季節外れのりんごって珍しいですよねえ。秋になったら実はなくなるんでしょうか」

「ど、どうなんでしょう。私も驚いていて」

「でしょうねえ。自分だったとしてもビックリしますよ。ははは」

「本当に不思議ですよねえ。あはは」

ひとしきり笑い合い、ブライアンは話を結んだ。

「まあ、何はともあれケアリーの家の店が廃業にならなくてよかったですよ。ありがとうございます、カレン様」

「いいえ、おじさんの腕がいいからで……ところでブライアン君、どこかにお出かけですか？」

カレンは改めてブライアンの出《い》で立ちを見た。彼はこの暑い中、白の長袖のシャツを着ており、黒の長ズボンを穿《は》いている。靴もしっかりとしたもので、背中にはリュックを背負っていた。ただ街を歩くだけにしては重装備だ。

「ちょっと森に行くところなんです」

「森に？」

「ええ。木の実を取りに行こうと思って」

ブライアンの家も決して裕福ではない。夕食のおかずに使うためだろう。しかし、カレンはあえてそこには触れず、「そうなんですか」と無難な相槌を打った。

ブライアンはにこやかに笑い、軽く頭を下げる。

「では失礼します。これからもケアリーのことをよろしくお願いします」

「こちらこそ。じゃあお気を付けて」

ブライアンと別れ、カレンも帰路についた。できるだけ日陰を歩くようにしているが、気温が高いので暑い。ぱたぱたと手で顔を扇ぎながら、家に帰った。

「ただいまー」

いつもなら子竜が飛んでくるところだが、今回はお出迎えがない。不思議に思いながら広間を覗くと、そこにも子竜の姿はなかった。

（お義兄様もいない……どこに行ったのかしら）

玄関は施錠されていなかった。ということは、二人とも家の中にいるはずだ。

「お義兄様ー？　チャドー？」

カレンは二人の名を呼びながら、家の中を捜索する。けれど、台所、カレンの部屋、クライドの部屋――色んな場所を見て回ったが、二人の姿は見つけられなかった。

ふむとカレンは考え込む。

（残る場所といったら……浴室？）

こんな真っ昼間から入浴しているとは思えないので、もしかしたら、なんらかの理由でチャドの体が汚れてしまって、クライドが拭いてあげているのかもしれない。

そう思い、カレンは浴室に足を向けた。

「お義兄さ……きゃっ⁉」

浴室の扉を開けた瞬間、冷たい水が飛んできてカレンは咄嗟《とっさ》に腕で顔を庇った。幸い、すぐに水は止んだのだが、上半身がぐっちょりと濡れてしまう。服が肌に張り付いて気持ち悪い。

ぽたぽたと水滴を髪から滴《したた》らせるカレンの目に映ったのは、やべーと言わんばかりの顔をしたクライドだった。水に濡れないためかズボンの裾がたくし上げられており、その手にはシャワーのヘッドが握られている。どうやらカレンを直撃したのは、シャワーの水だったようだ。

カレンは濡れた髪を耳にかけながら、にっこりと笑った。

「お義兄様？」

「あ、いや、これはな、あまりにも暑いからチャドと水で涼もうと思って……そしたらなんと、チャドの奴、足元くらいの水なら平気らしいぞ！　大発見だ！」

「他に言いたいことは？」

「……ごめんなさい」

クライドは素直に謝罪し、水を止めた。水の音が鳴り止んだことに気付いたのか、子竜はあれ、もう終わり？　という風な様子で浴槽からひょっこり顔を出す。そこでカレンの姿を見つけて、嬉しそうに「きゅう！」と鳴いて、浴槽から飛び出してきた。

今にも抱きつかんばかりの勢いの子竜を、カレンは慌てて制止した。

「ダメよ、チャド。私、水に濡れてるから」

「きゅう……」

子竜はしょんぼりとして宙に静止する。ぱたぱたと翼を羽ばたかせている子竜の向こう側で、クライドの視線が胸に向けられていることにカレンは気付いた。

カレンと目が合うと、クライドはあらぬ方向に視線を逸らす。不可思議な態度にカレンは首を傾げた。

「何よ、お義兄様」

「あー……その、胸がさ」

「胸？」

「透けてるんだよ、下着が」

「!?」

指摘されたことを理解したカレンは素早く腕で胸元を隠し、顔を真っ赤にして怒号した。

「お義兄様のスケベ！」

カレンはすぐに背を向けて浴室から飛び出し、自室に走った。自室に戻って姿見を確認してみると、確かにクライドの言う通り、白いブラウスの部分が透けて下着が見えている。バスタオル姿を見られた時よりも、恥ずかしさが込み上げてくるのは何故だろうか。

（もう最悪！　こんな姿を見られるなんて！）

カレンはすぐさま服を脱ぎ、髪や体をタオルで拭いて新しい服に着替えた。使い終わったタオルを洗濯籠に入れるべく自室を出ると、子竜を腕に抱えたクライドがバツの悪そうな顔をして廊下に立っていた。

カレンはつんとそっぽ向き、知らないふりをして洗濯室にすたすたと向かう。クライドは慌てて後ろをついてきた。

「カレン、さっきは悪かったって！」

「どうせ、眼福《がんぷく》だった～とかでしょ？」

「それは否定しないが……」

「否定しないの!?」

正直な人だ。ここは、嘘でもそんなことはないと言うところだろう。本来ならば不快に思うところなのだろうが、眼福扱いという点になんだかほだされてしまいそうなカレンである。

「まあとにかく、あれは事故だ。悪気はなかったんだよ」

「それは分かるけど……そういう問題じゃないのっ」

あんなあられもない姿を好きな人に見られたということが、どれだけ心にダメージを負わせたか。クライドは乙女心をちっとも分かっていない。

「しばらくは放っておいて！」

「あ……カレン」

洗濯室の洗濯籠にタオルを入れたカレンは、その足で再び自室に戻った。不機嫌全開の顔で自室にこもり始め、「あー、やっちまった」と頭を抱えるクライドの様子は知るべくもなかった。

第8章　カルガアの森の精霊

「あはは、災難だったねえ、カレン」

「笑い事じゃないわよ……」

翌日。ケアリーの家にお邪魔したカレンは、彼女の部屋で昨日の出来事を愚痴《ぐち》っていた。今日は店が定休日なので、看板娘であるケアリーも休みなのだ。

「でも相手は家族なんだし、よくない？」

「よくないわよ！　すっごく恥ずかしかったんだから！」

カレンの力説に、ケアリーはずずっとアイスティーを飲む。

「そっかあ。でもさ、だからってクライドさんに八つ当たりはよくないと思うな」

「え、八つ当たり？」

「うん。だって、カレンが怒ってるのって、見られた恥ずかしさからでしょ？　事故だったわけだし、そもそもちゃんと謝ってくれてるんだし、許してあげたら？」

悪気があったわけじゃないしねえ、と、とどめの一言が入って、カレンは押し黙った。気まずい沈黙を、アイスティーを飲んで誤魔化す。

しかし、ケアリーは構わずどんどん話を進めていった。

「カレンだって仲直りしたいでしょ？」

「う……それは」

「いつまでも意地張ってちゃダメだよ～。素直にならなきゃ。ね？」

「うう……」

正論過ぎてぐうの音も出ない。

確かにクライドとは早くいつも通りの会話をしたいし、いつまでもこのままでいてはいけないことは分かっている。カレンが怒りの矛《ほこ》を収めればいいだけの話なのだ。

けれど。

（でもなんかまだ納得できない……！）

それだけ心のダメージは大きく深いのだ。そうあっさりと癒えはしない。

内心葛藤するカレンの耳に、コンコンと扉を叩く音が響いた。

「ケアリー、クライド様がいらっしゃったわよ」

声の主はケアリーの母親だ。クライドという言葉に、カレンとケアリーは互いに顔を見合わせる。

「え、クライドさんがなんの用？」

「ちょっとケアリーに訊きたいことがあるんですって。下に下りてきなさい。店の前でクライド様がお待ちだから」

「はあーい」

クライドは今、仕事の時間だ。ということは、仕事でケアリーに用があるのだろう。それがなんなのか気になったカレンは、ケアリーについていくことにした。

部屋を出て階段を下りていくと、そこには制服姿のクライドが立っていた。真剣な面持ちをしていた彼は、カレンの姿に気付くと目を瞬かせる。

「カレン。ケアリーちゃんの家に遊びに来てたのか」

「う、うん。それよりも、ケアリーに訊きたいことって何？」

「ああ、実はな、ブライアン君が昨日から行方不明なんだ。だから、恋人であるケアリーちゃんなら、何か知っていないかと思って聞き込みに来た」

「ブライアン君が行方不明!?」

ふとケアリーを見ると、彼女は口元を押さえ、青ざめた顔をしている。「そんな……」と声を震わせて呟くケアリーの肩をカレンはそっと抱き、今にも倒れそうな彼女の体を支えた。

「というわけだ、ケアリーちゃん。何か知らないか？」

「いえ、昨日は会って、いなくて……」

「そうか……」

落胆したのかもしれないが、クライドはそれを一切見せず、今度はカレンを見た。

「カレンは？　何か知っていることはないか？」

「うーん……私もブライアン君とは最近」

会っていない。そう言いかけたところで、昨日、郵便局の前で声をかけられたことを思い出し、カレンは「ああっ！」と声を上げた。

「私、昨日ブライアン君と会ってるわ！　郵便局の前で声をかけられたの！」

興奮気味のカレンに対し、クライドは冷静だ。

「そうか。それで彼、何か言っていなかったか？」

「えーと、お久しぶりですねって挨拶して、ケアリーの家のアップルパイを食べたっていうことを言ってて、それから……」

よく思い出せ。何か大切なことを忘れている気がする。

必死に頭を回したカレンは、数秒してようやく大事なことを思い出した。

「そうだ！　森に行くって言ってたわ！」

「森？　森ってことはカルガアの森か？」

「多分そうだと思う。木の実を取りに行くって言ってたから」

「となると、カルガア森で遭難したか……？　とにかく分かった。情報提供ありがとな」

次いで、クライドはケアリーを見た。

「ケアリーちゃん。ブライアン君は必ず俺達警吏官が捜し出してみせるから。心配しないでくれ……というのは無理かもしれないが、俺達を信じてくれ」

「はい……」

じゃあ、と言ってクライドは立ち去っていった。

カレンはケアリーの体を支えながら、「とりあえず、部屋に戻ろう？」と優しく声をかけて
ケアリーが無言で頷くのを確認してから、ケアリーの部屋に戻った。

「カレン……私、どうしたらいいのかな……？」

「ケアリー、気をしっかり持って」

ケアリーを椅子に座らせ、カレンも向かい側の椅子に座る。テーブルの上に置かれたアイス
ティーの氷がすっかり溶け切っている。

ケアリーは俯いたまま、はらはらと涙をこぼした。

「ブライアン……どこに行っちゃったんだろ……ぐすっ」

「カルガアの森のどこかにいるんじゃないかな。お義兄様達が捜索隊を派遣してくれるだろう
から、すぐに見つかるよ。大丈夫」

「捜索隊……？」

ケアリーはその言葉に何か閃《ひらめ》いた顔で、突然立ち上がった。

「私も捜しに行く！」

「え!?」

「このままじゃ居ても立っても居られない！」

戸口に向かうケアリーに、カレンは慌てて椅子から立ち上がる。

「ちょっと待って、落ち着こうよ！　二次遭難したらどうするの⁉　お義兄様達に任せておけば、きっと大丈夫よ！」

必死に引き留めようとするカレンを、ケアリーはいつものほんわかとした表情からは思いもしない、鋭い眼光で射貫《いぬ》いた。

「カレンは好きな人がいないから分からないんだよ！」

凄まじい剣幕にカレンは言葉に詰まる。

「そんな、こと……」

「ブライアンが今、死にそうだったらって考えただけで頭がおかしくなりそう！　彼を失うなんて絶対に嫌！　だったら捜しに行くしかないでしょ！」

「ケアリー……」

もし、クライドが行方不明になったら。

そうしたら、きっとカレンも必死で彼を捜すだろう。黙って待っていろと言われても、なりふり構わず家を飛び出すはずだ。

じっとなんてしていられない。――大切な人だから。

カレンはふぅと息をついた。

「ケアリー、まずは準備をしなくちゃ」

「え？」

きょとんとするケアリーにカレンは笑った。

「暑いし、水や食料が必要だわ。計画的に行動しないとね」

「……ついてきてくれるの？」

「もちろん。友達が困っているんだもの。それに、子供の頃によくあの森に遊びに行っていたから、少しは役に立てると思うわ」

「カレンッ」

がばっとケアリーは抱きついてきた。「ありがとう、ありがとう」と何度も繰り返す彼女の背中を、カレンは優しく擦る。

「さあ、早く支度をしましょう。急がないとね」

「うんっ」

ケアリーは体を離し、部屋の奥からリュックを掘り起こした。その中に水や台所から持ってきたパン、タオルなどを詰め込み、背中に背負う。

「私の家にも寄っていい？　自分の用意するから」

「もちろんだよ」

ケアリーの母に見つからないようにそっと部屋を出たのだが、ケーキを運んできてくれた彼女と運悪く鉢合わせになった。

「あら、どこかに行くの？」

「あ、えっと、ちょっとカルガアの森に……」

真っ正直に言ってしまったケアリーにカレンは冷や汗を掻いたが、まだブライアンのことを話していなかったため、ケアリーの母は「あら、そうなの」とあっさりとした相槌を打った。まだ日が高いということもあるだろう。

「気を付けて行ってきなさいよ。あんまり深くまではいかないように」

「はあい」

無事、ケアリーの母を突破して、カレンとケアリーは堂々と家を出た。次に向かう先は、オールディス家だ。

「もう、ケアリー。正直におばさんに行き先言うなんて、ひやひやしたよ」

「ごめーん。咄嗟に嘘がつけなくて……」

「まあ、引き留められなかったからいいけど。でも、ブライアン君のことがバレたら、すっごく怒られるだろうね……」

「いいよ、そんなの。今はブライアンを見つけることが大事！」

いつものふわふわとしたケアリーからは考えられないほど、勇ましい。こんなに芯の強い子だったんだな、とカレンは少し意外に思った。

カルガアの森に向かう途中でオールディス家に立ち寄り、カレンも支度を整えた。リュックがなかったので、ショルダーバッグに水やパンを入れて肩にかけた。

「ごめんね、チャド。またちょっと出かけてくるから」

「きゅう……」

寂しそうな子竜を家に残し、カレンは玄関の扉を施錠して家の前で待っていたケアリーと合流した。これで準備は整った。

「じゃあ行こうか」

「うん」

カルガアの森は、街を出て徒歩で一時間ほどの所にある。そう広くはなく、また川も流れており、木の実を取ったり、釣りをしたりと街人がちょくちょく訪れる場所だ。カレンも子供の頃にクライドと共に釣りや水浴びなどをしに、遊びに来ていた。

(遭難したとすれば、森の奥よね。迷わないように注意しなきゃ)

気を引き締めるカレンの隣で、ケアリーは「ブライアーン！　ブライアーン！」とブライアンの名を叫びながら捜索している。まだ森の入り口なので、彼がいる可能性は低いが、もしものこともあるのでそれは言わないでおいた。

「ブライアーン！　どこー!?」

「ブライアンくーん！」

辺りを見回しながら、カレンとケアリーは一歩、一歩、森に踏み込んでいく。その道中、カレンは時々石を拾ってポケットに入れておいた。それに気付いたケアリーが不思議そうに首を傾げる。

「あれ、カレン、どうして石を拾ってるの？」

「森の奥まで行ったら道が分からなくなるから、引き返す時に目印になるように使おうと思って」

「なるほど！　カレン、頭いい〜！」

話を聞いたケアリーも時々石を拾い始めた。普段の彼女なら汚いと言って嫌がりそうなものだが、状況をきちんと理解しているのだろう。

ブライアンの捜索は困難を極めた。カレンが覚えのある場所にはどこにもおらず、手がかり一つない。足跡を辿るというのも、街人がちょくちょく訪れることが災いして足跡だらけであり、どれがブライアンのものか判別がつかず無理だった。

結局、予想通り森の深くまで足を踏み入れなければいけなくなり、カレンは緊張した面持ちでポケットの中の石を一つ握り締める。

「……ケアリー、ここから先は私も道が分からないわ。石を少しずつ落としていくけど、ケアリーも道に迷わないように気を付けて」

「うん。石がなくなったら言って。次は私が落とすから」

「ありがとう。――じゃあ行くわよ」

まずは一つ、石を道に落とした。そしてカレンとケアリーは、森の深くに踏み込む。

木々は鬱蒼《うっそう》と茂っていて、枝葉の隙間から陽光が差し込み、道を照らす光がまだら模様になっている。その道も草木が生い茂り荒れており、歩きにくいことこの上ない。所々、木の根が張り出している場所もあって、足が引っかかりそうになることもあった。

「ブライアーン！　いるなら返事してー！」

「ブライアンくーん！」

石を少しずつ落としていきながら、ブライアンの行方を追う。彼は一体どこにいるのだろう。

本当にこんな森の深くまでやって来てしまったのか。

道を真っ直ぐ突き進んでいくと、やがて大樹のある所に辿り着いた。樹齢何百年だろうか。

太く、大きく、立派な大樹にカレンもケアリーも息を呑んだ。

「わあ……すごい。こんな木があったのね」

「立派だねえ」

と、感心している場合ではない。今は一刻も早くブライアンを見つけなければ。

道はここで左右に分かれている。どっちに行くべきか悩んでいるカレンの脳裏に、

《右だよ》

子供のような甲高い声が聞こえた。

「え？」

けれど、辺りを見回しても子供などいない。戸惑うカレンがおかしいのか、声の主はくすくすと笑ってもう一度言った。

《右だよ、お探しの人間がいるのは。我が愛しの精霊姫よ》

「!?」

カレンが精霊姫であることを知っている――!?

身構えてしまうカレンだったが、ふと声の主の言葉をよくよく思い返して、まさかと大樹を見上げた。

(我が愛しの……ってことは、もしかして木の精霊!?)

心の声さえ見透かされてしまうのだろうか。当たり、と言わんばかりに手を叩くような音が聞こえた。

《ご名答。私はこの森に住まう精霊カルガア。会えて嬉しいぞ、精霊姫よ》

(え、ええと……こんにちは)

精霊相手に誤魔化したところで意味はないので、カレンは素直に挨拶をしておいた。まさかこんな所で精霊と遭遇するとは。精霊は世界各地にいるとされているが、身近過ぎる。

(あの、すみません。お会いできて光栄なのですが、私達急ぐので……)

《分かっておる。早く少年を助けておやり》

(はい! 道を教えていただき、ありがとうございます)

ケアリーがいるので頭を下げることはできなかったが、相手は心を読めるようなので感謝の思いは伝わっただろう。

木の精霊——カルガアの声は、ケアリーには聞こえていなかったらしい。右の道と左の道、どちらに行くべきか迷っているケアリーに、カレンは「右に行ってみよう」と声をかけた。ケアリーは「うん」と素直に了承してくれたため、二人は右の道を選んだ。

石を落とすことを忘れずに続け、道を進んでいくと、ある地点から傾斜の険しい道に変わり、カレンとケアリーは木にしがみつきながら用心深く歩を進めた。

「ブライアーン！　どこにいるのー!?」

ケアリーが力いっぱい叫んだ時。

「ケアリーか!?」

「えっ、ブライアン!?」

先にある茂みの中からブライアンの声が聞こえて、ぱっと顔を明るくしたケアリーは走っていった。

「あ、ちょっとケアリー、待って！　ここ、傾斜がキツいから……」

「きゃあああああ！」

案の定、ケアリーは足を滑らせ、転がり落ちるように茂みの中に消えていった。慌てて追いかけたカレンだったが、ケアリーはブライアンの腕に摑まっており、ほっと胸を撫で下ろした。

「いたたた……」

「ったく、お前はドジだなあ、ケアリー」

「何よお！　そっちこそ…っ……、ふえええん！　無事でよかったよお！」

ブライアンの腕の中で、ケアリーは大粒の涙をこぼした。泣きじゃくる彼女の背中を、ブライアンは優しく擦っている。

「心配かけたな。まさか捜しに来てくれるとは思ってなかったよ」

「だって、居ても立ってても居られなくて」

「……ケアリー」

「ブライアン……」

今にも口づけを交わしそうな二人の甘い雰囲気に、しゃがみ込んでいたカレンは「ゴホンッ」と咳払いを一つした。その声に彼らははっとしたようでぱっと体を離す。

「それでブライアン君、どうしてこんな所にいるんですか？」

「カレン様のお手まで煩《わずら》わせてしまってすみません。実は昨日、木の実を取るのに夢中になってしまって、森の深くまで迷い込み、そこで狼と遭遇してしまって……必死に逃げていたら、ここで足を滑らせ、木にぶつかって足を痛めてしまった次第でして」

それで歩けなくなってしまったらしい。狼が深追いしてこなかったのが、不幸中の幸いか。

カレンはショルダーバッグから、水筒に入れた水とパンを差し出した。

「はい。喉も渇いているだろうし、お腹も空いているでしょう」

「……ありがとうございます」

先に水筒を受け取ったブライアンは、飲み干す勢いで水を飲んだ。次いで、パンに勢いよくかじりつく。一晩、何も口にできなかったのである。がっつきもするだろう。

「じゃあ少し休んだら森を出ましょうか。私とケアリーが体を支えましょう」

「うん！　いたっ」

やる気満々といった様子で立ち上がりかけたケアリーは、けれど顔を苦痛に歪《ゆが》めて尻餅をついてしまった。まさか――とカレンは、恐る恐る彼女に問う。

「もしかしてケアリー、さっき足を痛めた……？」

嘘であってほしい。けれど、現実は無情で。

「え、えへへ……そうみたい」

「嘘でしょう!?」

ブライアンだけならばともかく、足を痛めた二人をカレン一人で街まで連れ帰るのは無理だ。恐れていた事態が現実のものとなってしまった。

これはもう警吏官を頼るしかない。カレンはため息をつきたくなるのを堪《こら》えて、立ち上がった。

「助けを呼んでくるわ。二人はここで待っていて下さい」

「ごめんねえ、カレン」

「すみません、カレン様。よろしくお願いします」

そんな二人を背に、カレンは木に摑まりながら坂を上っていく。少しでも気を抜けば、滑り落ちていってしまいそうだ。それほど傾斜が険しい。

（ふぅ、暑いわね）

背中にじんわりと汗を搔いているのが分かる。とはいえ、冬でなかったことは幸運だろう。もし冬であれば、ブライアンは凍え死んでいたかもしれない。もっとも、冬に木の実など取れるはずもないが。

地面に落としてきた石を目印に、順調に道を引き返していた時のことだった。

（ん？）

茂みがカサカサと動き、何かが飛び出してくる。咄嗟にカレンは地面に落ちていた木の棒を拾い、前面にかざした。すると、それは狼で鋭い牙が木の棒に嚙みついており、カレンは真っ青になりながら木の棒をぎゅっと握り締めた。

しかし、力で押し負けそうになり、木の棒を捨てて走り出した。後を追ってくるのが、狼の荒い息遣いで分かる。

（狼と遭遇するなんて！）

時々転びそうになりながらも、カレンは必死に走った。足の速さには自信がある方だが、それでも相手が狼ではそう簡単に撒《ま》けそうにもない。

森の深くに入るということを甘く考えていた。ブライアンも話していたではないか。狼に追いかけられてあの場所で滑り落ちたと。

「はあ、はあ」

危機的状況に陥って、初めてこれまでの疲労がどっと押し寄せてくる。そういえば、あまり水分も摂っていない。喉がカラカラで干上がってしまいそうだ。

それでもなんとか、しばらく道を走って大樹の場所に戻って来た時。

「きゃっ!?」

木の根に足が引っかかり、カレンは前のめりに転倒した。痛みに顔を歪めながらも、はっとして素早く上体を起こして後ろを振り向くと、狼が飛びかかってきていて——。

「っ!」

——もうダメだ。食い殺される。

カレンの双眸《そうぼう》が絶望に閉ざされた、その時だった。

「カレンッ!」

聞き慣れた声が響いたかと思うと、狼が苦痛に呻《うめ》く声が聞こえて、カレンは恐る恐る目を開けた。すると、視界に映ったのは紺色の警吏官の制服と逞しい背中。

それが誰なのかすぐに分かって、カレンは泣きたくなった。

「お義兄様……！」

クライドが手にしている剣の切っ先からは、血が滴り落ちている。おそらく狼の血だろう。尻尾を巻いて逃げていく狼の姿が遠目に見えた。

「カレン、大丈夫か⁉」

クライドは剣を腰に下げてある鞘《さや》に収め、気遣わしげな表情で駆け寄って来た。そして、未だ動けないでいるカレンの体を力強く抱き締める。

「無事でよかった……！」

クライドの温もりに心がほっとする。強張っていた体が徐々に解きほぐれていき、カレンはゆっくりとクライドの背中に手を回した。

「お義兄様……助けてくれてありがとう」

ようやく感謝の言葉を絞り出したカレンを、クライドはしばらく抱き締めたままでいたが、ほどなくして体を離した。その時には彼の顔は厳しい表情に変わっており、

「このバカ！　なんでこんな所にいるんだ！」

と、キツい口調で叱責された。バレたら怒られるとは思っていたが、予想通りだ。

「えーと……実はケアリーと一緒にブライアン君を捜しに来てて……」

「はあ⁉　彼のことは、俺達、警吏官に任せてくれって言っただろ⁉」

「だって、どうしてもブライアン君のことが心配で、その……」

俯くカレンに、クライドは盛大なため息をついた。

「はあ……まったく。ともかく、説教は後だ。ケアリーちゃんはどこにいる？」

「あっ、ケアリーならブライアン君と一緒にいるわ。でも、二人とも足を痛めちゃって動けないから、誰か助けを呼ぼうとしてたところだったの」

「そうか。じゃあ人手が必要だな」

クライドは言いながら、立ち上がってカレンに手を差し出した。カレンもその手を借りて立ち上がったが、転んだ拍子に膝を擦り剝《む》いたようでひりひりと痛んだ。クライドはカレンが顔を歪めたことに気付いて、また気遣わしげな顔をする。

「どうした？　どこか痛むのか？」

「大丈夫、ちょっと膝を擦り剝いちゃっただけだから」

大したことないわ、と笑いながら両手をひらひらさせたが、クライドは至極真面目な顔で片膝をついてカレンの膝を見た。

「血が出てるじゃないか。ちょっと待ってろ」

クライドはポケットから白いハンカチを取り出し、それをカレンの膝に巻きつけた。

「あ、ありがとう」

「擦り傷だって、細菌が入ったら大変なんだからな。家に帰ったらちゃんと消毒するぞ。とりあえず、今は応急処置だ。……歩けるか？」

「うん、平気」

「悪いな。本当は背負ってやりたいところだが、また狼が出ないとも限らない」

いつでも剣を抜ける状態でいたい、ということだろう。確かにカレンを背負ってしまうと、両手が塞がってしまうため、迅速な行動は取れない。

そういえば、と思う。子供の頃、今のように転んで膝を擦り剝いてしまった時、痛くない、と強がるカレンを、クライドは強引に背負って一緒に家に帰ったっけ。

懐かしい。今でも色褪せない想い出だ。

「大袈裟《おおげさ》だなあ。このくらい平気だって。もう子供じゃないんだから」

「お前はすぐ強がるから心配なんだよ。まあ、大丈夫そうならいい。他の警吏官を捜すぞ」

歩き出したクライドの後をカレンは追いながら、話しかけた。

「他の警吏官もいるってことは、捜索隊が出たの？」

「ああ、そうだ。とりあえず、十人だけだが」

クライドは、カレンが道に落としていた石に気付き、それがブライアンの迷子対策に使われた石ではないかと考え、ここまで真っ直ぐ進んで捜索していたらしい。他の警吏官はそれぞれまた別の所を捜索しているという。

結局、クライドは近くにいた警吏官を三人呼び寄せて、カレンの案内でケアリーとブライアンが待つ場所へと向かった。その道中で再び狼と遭遇することはなかった。

「ケアリー、ブライアン君！」

「あ、カレーン！　こっちだよ～」

ケアリーとブライアンは先程の場所でおとなしく待機してくれていたようで、二人の救助に無事成功した。二人は警吏官の両肩を借りて森を出ることになった。

「まったく、君達は！　どれだけ危険なことをしたのか、分かっているのかね⁉」

「「……はい」」

街の派出所まで戻って来たカレンとケアリーは、そこで捜索隊の隊長に大目玉を食らった。長々と説教をされ、ブライアンも厳しく注意されて、三人はそれぞれ帰路についた。

空はすっかり夕暮れだ。

「はあ……ただいま、チャド」

「きゅう！」

帰宅し、玄関の扉を開けると子竜がぱたぱたと飛んできた。子竜は疲れ切った顔をしているカレンを見て、どうしたの？　と言いたげに首を傾げている。

そんな子竜を腕に抱きながら、カレンは広間のソファーに腰を下ろした。

(疲れたあ……まあ、ブライアン君が無事に見つかってよかったけど)

と、子竜は血の臭いに気付いたのだろうか。カレンの腕から這い出ると、ハンカチを巻いてある膝に前脚でちょんちょんと触れた。

その仕草を見てカレンは、そういえばクライドから「家に帰ったら消毒するように」と言われていたことを思い出した。確かにクライドの言う通り、感染症にでもかかったら大変だ。

カレンは重い体を動かして立ち上がり、棚から救急箱を取ってテーブルに置いた。そして、中から消毒液と綿棒を取り出す。

再びソファーに座り、膝からハンカチを外してそっと消毒液で濡らした綿棒を傷に軽く押し当てた。

「あ～、染みるっ！」

カレンは痛みに顔を歪めながらも、ぽんぽんと綿棒で傷を消毒して、あとは傷口を保護するためにガーゼを巻いた。これで傷が外気に触れることはない。

（あ、菜園にも水をやらなきゃ。夕飯も作らなきゃいけないし、忙しいなあ）

救急箱を片付け、カレンはその足で外に出た。土がカラカラに乾いている菜園にジョウロで水を与え、夕食作りに使う野菜を籠に収穫して家に戻る。

今日は夏野菜のオーブン焼きだ。なす、ズッキーニ、パプリカ、トマトを輪切りにして耐熱容器に敷き詰め、塩コショウを振りかけ、オリーブオイルを一回ししてオーブンで焼く。野菜の旨味と甘味がぎゅっと凝縮されるのでおいしくなる。菜園の野菜ならなおさらだろう。

そして、トウモロコシの冷製スープ。これは前回好評だったので、クライドもまたおいしく味わってくれるだろう。

夕食の支度を終えたら、入浴も済ませて、広間のソファーで子竜とともにクライドの帰りを待った。クライドはいつもの時間に帰って来て、出迎えた子竜の頭をよしよしと撫でながら、痛ましげな顔をしてカレンの膝を見下ろす。

「膝の怪我、大丈夫か？」

「だから平気だって。大丈夫だよ、このくらい」

「でもなあ、嫁入り前の娘の体に傷が残ったら大変だ。医者に行った方がいいんじゃないか？」

「もう、大袈裟なんだから」

過保護ぶりに呆れてしまう。この人にとって、自分はまだまだ子供なのか、とない自信をさらに失ってしまいそうだ。

「それより、お義兄様。今日は本当にありがとう」

クライドが駆けつけてくれなければ、今頃カレンの命はなかった。改めてお礼を言うと、クライドはふっと笑ってカレンの頭にぽんと手を乗せた。

「お前が無事ならそれでいい。……とはいえ、もうあんな無茶はやめてくれよ？」

「うん……」

こくりと頷くと、クライドはにっと笑ってカレンの髪をぐしゃぐしゃに掻き回した。

「よし、じゃあこれでこの話は終わりだ。隊長にガッツリ絞られて懲《こ》りただろ」

「……思い出させないで。頭が痛くなるわ」

「ははっ、じゃあメシにしようぜ」

「そうだね」

子竜を腕に抱いて、先に台所に向かっていくクライドの背中をカレンは優しく眺めながら、ふと思う。

(あ。いつの間にか、普段通りに話せてる)

あれほどあった怒りも、騒動に紛れてどこかに消え失せてしまった。それがなんだかおかしくて、カレンはくすりと笑う。

(まっ、いっか)

クライドにぐしゃぐしゃにされた髪を手櫛で直しながら、カレンもまた台所に向かったのだった。

第9章　花火を見よう

翌日。

朝食を済ませたカレンが食器を片付けていると、玄関からチリリーンと呼び鈴の音が鳴った。

こんな朝早くから誰だろうと思いつつ、玄関に向かって扉を開けると。

「……えーと？」

カレンは腰を屈めて、お客様に目線を合わせた。というのも、相手は幼い女の子だったからである。

茶の長髪を背中に垂らしていて、ぱっちりとした目は赤褐色だ。袖のない白地のワンピース姿から裕福な家の子ではないとは分かるものの、顔にまったく覚えがない。

「どうしたの？　迷子かな？」

優しく声をかけると、幼女は悪戯《いたずら》っぽく笑った。

「私が分からないか？　我が愛しの精霊姫よ」

「え？」

この口調、この声。

それは覚えがあるものだったが、カレンはにわかには信じられなかった。

「まさか、カルガア様!?」

「うむ。この街にいることが分かったので遊びに来たぞ」

「ええ!?」

人間の姿を取ることもできるのか、精霊というのは。

カレンの大声が聞こえたのか、ちょうど出勤しようとしていたクライドが、不思議そうな顔をして玄関にやって来た。

「どうした、カレン」

「あ、お義兄様……えーと」

カルガアのことをどう説明したらいいのか。必死に頭を回しているうちに、クライドはカレンの背後にいるカルガアに気付いたようで目を瞬かせた。

「なんだ、迷子か？」

「ち、違うの。街で知り合った子の娘さんでね、私の家庭菜園の野菜を食べてみたいって言ってて、早速遊びに来たみたいなんだよ」

迷子扱いしたら、このまま派出所に連れて行かれてしまう。よって、知恵を絞り出した結果がこの理由だった。我ながら上出来ではないだろうか。

クライドは納得したようで、「おー、そうなのか」と表情を和らげた。そして、あろうことかカルガアの体をひょいと持ち上げて、

「いい子だな～。お名前言えるか？」

などと、完全に子供扱いし始めてしまった。

カレンは冷や汗ダラダラである。精霊に対してなんと罰当たりなことか。

（ひぃぃぃぃ！　お義兄様、やめて……！）

カルガアの心中は定かではないが、彼女はにこっと笑った。

「カルガア！」

「カルガア？　へえ、あの森と同じ名前なんだな～。いくつだ？」

「ごさい！」

「五歳かあ。ここまで一人で来るなんて偉いな～。うちの野菜、いっぱい食べて帰るんだぞ」

そこでクライドはようやくカルガアの体を下ろし、頭をぽんぽんと優しく叩いて、カレンに「じゃあ行ってくる」と声をかけ、家から出ていった。

「い、いってらっしゃい……」

我が義兄ながらすごい男だ。何も知らなかったとはいえ。

さて。カルガアの機嫌はいかがなものか。恐る恐る彼女を見ると、しかし予想に反して怒っている様子などなかった。

それどころか、ニヤニヤと笑っていて。

「好青年ではないか、そなたの好いている男は」

「え⁉」

ずばり言い当てられてしまい、カレンは顔を真っ赤にする。

「そ、そんなことは……！」

「おや？　私は好いていると言っただけだぞ。恋愛感情であるとは言っていない」

「な…っ……からかわないで下さいよ！」

カルガアは愉快そうに笑い、「では家に上がらせてもらうぞ」と言って、遠慮なく家の中に入っていった。その背中をカレンは慌てて追う。

カルガアはまるで間取りが分かっているかのように、真っ直ぐ広間に行ってソファーに座った。同じくソファーに丸まっていた子竜は、カルガアを見て「きゅう⁉」と驚いた声を上げて体を起こす。

子竜に気付いたカルガアは、目をぱちくりさせた。

「おや、黒竜王の息子ではないか。ここに住んでいるのか」

「え、黒竜王の息子⁉」

衝撃の事実だ。親竜がいることは分かっていたが、まさかそれが黒竜王だなんて。

精霊の世界には、五大竜王というものが存在する。黒竜王はそのうちの一体で、精霊全体を統《す》べる存在だという言い伝えもある。そんなすごい精霊の息子が、カレンの前に現れたことが信じられない。

「……あのう、じゃあこの子、黒竜王の下にお返しした方がいいんでしょうか？」

「その必要はない。竜はある程度大きくなったら自立するものだ」

「きゅう！」

ここにいたいよ、と子竜の潤んだ瞳は訴えかけてくる。その目にキュンとしながらも、カレンはカルガアの横に片膝をついて声をかけた。

「カルガア様、お飲み物はアイスティーでいいでしょうか？」

「ああ、それで構わんよ」

「では少々お待ちを」

カレンは台所に赴き、アイスティーの準備をした。お茶菓子は残念ながら何もなかったもので、アイスティーだけで我慢してもらうしかない。

カレンは用意したアイスティーを広間に運び、カルガアの前に差し出した。

「お待たせしました」

「おお、すまないの」

早速、カルガアはアイスティーに口をつけた。口に合うか心配だったが、「うまい」と言ってくれたので、カレンはほっと胸を撫で下ろした。

「お茶菓子がなくてすみません。生憎《あいにく》、切らしていて」

「それなら、そなたの家庭菜園の野菜が食べてみたいのう。そなたの好いている男も、いっぱい食べていけと言っておったし」

「だ、だからその言い方やめて下さいってば。クライドという名です、あの人は」

それにしても、菜園の野菜が食べたいとは。精霊とは、精霊姫が作る作物が好みなのか。

「ともかく、分かりました。今、野菜を持ってきます」

新鮮なものがいいだろうと思い、カレンは外に出て野菜を収穫した。そして台所でサラダにし、ドレッシングをかけて広間に運んでいく。

広間に着くと、子竜とカルガアは会話していたのか、

「ほう、チャドというのか。いい名を付けてもらったな」

と、カルガアが言っているところだった。見た目、幼女と小さな子竜が会話している光景は、見ていて微笑ましい。

カレンは思わず頬を緩めながら、

「カルガア様、お待たせしました。菜園の野菜で作ったサラダです」

ガラスの器に盛ったサラダをテーブルに置くと、カルガアは「おお！」と目を輝かせた。

フォークを差し出すと、受け取ったカルガアは瞬く間にサラダを完食してしまう。

「ふぅ、うまいのう。やはり、精霊姫の作った作物は格別だ」

「あの、精霊姫ってなんなんでしょう？」

「む？」

「りんごの木を生やしたり、薬草を生やしたり、食べ物がおいしくなったり……この力が不思議で仕方ありません。どうしてこんなことができるのか、気になるんです」

「ふむ……」

カルガアはアイスティーを一口飲み、「まあ、座れ」とソファーに座るように促してきた。

カレンは向かい側のソファーに腰かける。

「そなた、この世界の成り立ちは知っているか？」

「ええと、精霊が空や大地を作ったんですよね」

「そうだ。そこに数多《あまた》の生き物が生まれ、今の世界になった。その中で精霊姫とは、精霊の愛し子。いにしえに契約を結んだ、生を育《はぐく》み、癒やす、能力の継承者」

「生を育み、癒やす……」

生を育むということが、作物や薬草を育てられる能力ということだろうか。だから、この世にはないものは育てることができない。

納得できたような、できないような、微妙なところだ。

「あ、ところでカルガア様、どうして私の家が分かったんですか？」

昨日、接触した時に住んでいる所まで特定されたのだろうかと思ったが、違った。

「昨日会った時、精神体のまま、そなたに憑《つ》いておったのよ。そうしたら、精霊宮には帰らぬではないか。思ったより近くに住んでいたので、遊びに来た次第だ」

「つ、憑いていたんですか……」

夏だけになんだかぞっとする話だ。

引き攣《つ》った笑いを浮かべるカレンに、カルガアは「それよりも」とニヤニヤ笑う。

「クライドとは、どこまでいっておるのだ、ん？」

「な、なんですか急に！　何もありませんよ！」

「ほう、告白もしておらぬのか」

「告白なんてできるわけ…っ……」

その言葉に何か察するものがあったのか、カルガアは真面目な顔になった。

「なんだ、何かあるのか？」

「い、いえ、別に」

「話してみるがよい。このカルガア様が相談に乗るぞ」

カレンは咄嗟に「大丈夫です」と断りを入れそうになったが、いや待てよと思いとどまる。精霊に恋愛相談に乗ってもらえるなんてなかなかある機会ではないし、何より今は少しでも相談相手が欲しい。

というわけで、カルガアに事情を話すことにした。ややこしい事情ではあるが、彼女は理解してくれたようで「ふむふむ」と考え込んでいる。

「私はどうしたらいいでしょうか……」

俯くカレンに、カルガアはあっけらかんと言った。

「そんなの、答えは簡単ではないか」

「え？」

「ふっふっ、女は度胸！　その婚約者から奪ってしまえ！」

「ええ!?」

それは度胸の方向性が違うのではなかろうか。

「あの、話聞いてました？　お義兄様はその婚約者のことが好きで……」

「はて、そうかのう？」

「え？」

意味深に笑うカルガアは、「さて、そろそろお暇《いとま》しようか」とソファーから立ち上がった。

「おもてなし、実によかった。ではの。進展があったらまた話を聞かせておくれ」

「きゃっ!?」

カルガアは、ぽんっといきなり目の前から消えてしまい、カレンは目を疑った。

《また遊びに来るぞ～》

そんな声が最後に聞こえて、カルガアは去っていった。先程、話していた精神体というものに体を切り替えたのかもしれない。精霊とは不思議な存在だ。

「なんだか嵐みたいだったね……ねえ、チャド」

「きゅう」

後には、グラスに半分ほど減ったアイスティーと、サラダが盛りつけられていたガラスの器が、テーブルに残されていた。


「そっかあ、仲直りできてよかったね、クライドさんと」

「うん」

午後、カレンはケアリーの家に見舞いに訪れていた。ケアリーの足は捻挫だったそうで、完治するまで二週間ほどかかるとのことだ。ブライアンも同程度の怪我だったらしい。

そんなわけでケアリーは寝台に横たわっている。

「私なんてパパからもママからも大目玉よ。こんこんと説教されて、解放されたのは深夜。足が痛いっていうのにさ〜」

「まあまあ、それだけケアリーのことが心配だったってことよ。愛されてるじゃない」

「むー、愛してくれているなら優しくしてほしいわ、まったく」

確かに心配かけたかもしれないけどさー、とケアリーは不満げだ。

「あーあ、それにしても夏祭りには参加できないなあ」

「仕方ないよ。ブライアン君が無事だっただけでも、よかったじゃない」

「まあね〜」

本当に人騒がせな奴よ、とケアリーは毒づく。そして、申し訳なさそうな顔で、カレンのガーゼを巻いた膝を見た。

「ごめんねえ、巻き込んじゃって。それ、昨日の怪我でしょ？」

「気にしないで。これは私がドジしただけだから」

「でも森に行かなかったら怪我しなかったわけだし……本当にごめんなさい」

「いいよ、謝らないで。ブライアン君が心配だったのは、私も同じなんだから」

過ぎたことを気にしても仕方ない。笑顔で言うカレンに、ケアリーも「うん」といつものようにふんわりと笑ってみせた。

「あ、そうだ！　よかったら、これあげる」

ケアリーが脇にある引き出しから取り出したのは、一枚の紙切れだった。それをケアリーの手から受け取ったカレンは、ぱちくりと目を瞬かせる。

「福引券？」

「そう。夏祭りの日、出店で五百ギル買った人に一枚ずつ渡すんだけど、出店を出すところは特別に前もって一枚もらってるの。ブライアンと夏祭りに行ったら使おうと思ってたんだけどさ、この足じゃ行けないでしょ？　だから、カレンが使ってよ」

「え、でも……」

「いいから、いいから。今回のお詫びだと思って」

夏祭りに参加するつもりはないんだけどなあ、とカレンは内心困る。けれど、せっかくの好意を無下《むげ》にするのも申し訳ないので、ありがたくもらうことにした。

「分かった。じゃあ、いただくね。ありがとう」

福引券を財布にしまったところへ、コンコンと扉を叩く音が響いた。カレンが椅子から立ち上がり、扉を開けると、そこに立っていたのは、ケアリーの母だった。

「カレン様からいただいたりんごを切ってきました。どうぞ、ケアリーと一緒にお召し上がり下さい」

「ありがとうございます」

ケアリーの母から皿が乗ったお盆を受け取り、ケアリーの下に運んでいく。ケアリーの母は扉を閉め、立ち去っていく足音が聞こえた。

「ケアリー、私がお見舞いに持ってきたりんごよ」

「わあ、持ってきてくれたんだ。ありがと～」

カレンは再び椅子に座り、りんごにフォークを刺してケアリーに渡した。もちろん、このりんごはオールディス家の裏庭にあるりんごの木から収穫したものである。

ケアリーはりんごをぱくりと食べて、至福の表情になった。

「やっぱりおいしい～。私、生で食べるのが一番好きなんだよね」

「へえ、そうなんだ」

「これ、育てるのに何か秘訣とかあるの？」

「い、いや別に？　勝手に生えてきただけだし」

カレンもりんごにフォークを突き刺して、一口かじる。久しぶりに食べたが、ケアリーの言う通りやっぱりおいしい。

「でもさ、なんでクライドさんにはあの力のこと内緒なの？　家族なんだし、話してもいいんじゃない？」

「ええと……」

カレンが精霊姫だから――とは言えない。

カレンは曖昧に笑った。

「秘密を知る人は少ない方がいいかなって。万が一のこともあるし」

「ふーん？」

ケアリーはそれ以上深く追及してこない。りんごをぱくぱくと食べて、あっという間に平らげてしまった。カレンが食べたりんごは二切れだけだ。まあ、ケアリーのために持ってきたのだから、別に構わないのだけれど。

「ケアリーが元気そうでよかった。じゃあ、私そろそろ行くね」

「うん。わざわざお見舞いに来てくれてありがとね～」

　カレンはお盆を持って、ケアリーの部屋を退出した。お盆をケアリーの母に返し、「ありがとうございました」と会釈して、ケアリーの家を後にしたのだった。

　自宅に帰ると、子竜が待ってましたと言わんばかりに勢いよく飛んでくる。そんな子竜をカレンは腕に抱き留めた。

「ただいま、チャド」

「きゅう！」

　頬をすりすりと擦り寄せてくる子竜の頭を優しく撫でながら、カレンは広間に移動してソファーに座る。子竜はやがて満足したのか、カレンの腕の中から飛び出したが、カレンが何も持っていないことに気付いて、あれ？　という風に首を傾げた。

　どうしたのだろうとカレンも首を傾げたが、出かけた先がケアリーの家ということを思い出し、すぐに合点《がてん》がいった。

「チャド、アップルパイはないのよ。今日はお店がお休みだったから」

　子竜はケアリーの家のアップルパイを気に入っている。カレンがケアリーの家に出かけてくると言ったものだから、アップルパイを買ってくると期待していたのだろう。

　それがないと知って、しゅんと落ち込んだ子竜は、カレンの隣で丸くなった。そういえば、最近アップルパイを食べさせていないことに思い至ったカレンは、「そうだ」と手を合わせた。

「チャド、私がアップルパイを作るわ」

「きゅう？」

「おじさんほどでないけど、あのりんごだもの。おいしいアップルパイが作れるわよ」

「きゅう、きゅう！」

カレンを見上げる子竜の瞳は、きらきらと輝いている。喜んでいるのが分かって、カレンは頬を緩ませた。

「じゃあ、りんごを収穫してくるわね。そのまま、台所に行くからチャドはここで待ってて」

「きゅう！」

カレンは家を出て、裏庭に行き、りんごの木から精霊姫の力でりんごを収穫した。それを持って家の中に戻り、台所に向かう。

（よし。材料は揃っている、と）

アップルパイを作るのに必要な材料を揃えたカレンは、早速アップルパイ作りに取りかかった。まずは、りんごを薄くスライスしていく。

今回は薔薇の形のアップルパイを作ってみることにした。りんごを少し重なるようにして、端から巻いていくのだ。りんごを薄くスライスすることによって薔薇の枚数が増え、可愛らしく仕上がる。

それから三十分ほどして薔薇のアップルパイは焼き上がった。皿に盛りつけ、テーブルの上に置いたら、台所に子竜を呼ぶ。子竜は突進する勢いで飛んでやってきた。

「はい、チャド。アップルパイよ。焼き立てだから、火傷には気を付けてね」

「きゅう」

テーブルの上に乗った子竜は、薔薇のアップルパイに目を輝かせた。薔薇のアップルパイは一つ一つが小さいので、子竜は薔薇のアップルパイを一つ前脚に持ってぱくぱくと食べた。

「きゅう～！」

「ふふ、おいしい？」

「きゅう！」

カレンも椅子に座り、一つをフォークで食べる。熱々だが、甘酸っぱくておいしい。クライドにも食べさせたいな、と思ったが、りんごはすべてケアリーの家に渡したことになっている。残念だが、ここは子竜と二人で食べ切るしかない。

食べ切れるかと不安だったが、それは杞憂《きゆう》だった。子竜がその小柄な体からは信じられないほどの食欲を発揮し、ぺろりと食べてしまった。しかし、やはりお腹はキツいようで、よろよろと広間の方に飛んでいった。またソファーで丸くなるのだろう。

カレンは食器を片付けて、入浴することにした。子竜にも声をかけようとしたが、食べ過ぎてうんうんと唸《うな》っているのを見て、やめておいた。

（はあ、いいお湯……）

気温が高いとはいえ、それとこれとは別である。やはりお風呂のお湯は気持ちいいものだ。

のんびりとお湯に浸かっていると、ふとカルガアの言葉を思い出した。

『ふっふっ、女は度胸！　その婚約者から奪ってしまえ！』

「………」

クライドをアデラから奪う。そんなこと――。

（……無理に決まってるじゃない）

クライドはアデラのことが好きなのだ。そこにカレンの入る余地などない。そもそも、人の婚約者を奪うだなんて倫理的にどうなのだろう。

（セシリアさんは、なんて言うだろう……）

まさか、セシリアまでアデラから奪えなどと言うまい。なんとか、上手く収められる名案が思いつくといいのだけれど。

この件に関しては、セシリアに相談するまでひとまず保留だ。

そう決め、湯船から上がって体を拭き、服に着替えた。濡れた髪をタオルで拭いながら広間に行くと、子竜はソファーの上で寝息を立てていて、カレンはふっと笑う。起こさないように自室に行くことにして、そろりと廊下を歩いた。古い家なのでぎしぎしと軋《きし》むのだ。

自室に辿り着いたカレンは、文机の椅子に座った。そして、文机の引き出しから日記帳を一冊取り出す。子供の頃からつけているので日記帳は、何冊もある。その中から古いものを手に取った。

『きょうは、おにいさまができた。クライドというなまえらしい。どきどきしたけど、やさしそうなひとでよかった。なかよくなれるといいな』

『きょうは、おにいさまとつりにいった。カレンのゆめはときかれて、およめさんといったら、おれのよめになるかって言ってくれた！　うれしかったけど、ついびんぼうはイヤだって言っちゃった。きらわれていたらどうしよう』

『今日は、お義兄様と夏祭りに参加した。相変わらず色んな出店が出ていて、ついつい食べすぎちゃった。花火は自宅から家族全員で見たけど、やっぱり綺麗だった。すいかもおいしかったなあ』

他愛のないことがずらずらと書かれてある日記。これを読み返すたび、当時のことを思い出してぽかぽかと温かい気持ちになる。

時々、カレンはこうして昔の日記を読み返す。両親とクライドと過ごした家族の思い出に浸りたくなる時があるからだ。

(昔はいつも家族全員で花火を見ていたなあ。すいかを食べながら)

しかし、もうそれは叶わない。

今年は子竜と二人かあ、と思いながらカレンは日記帳を閉じて、引き出しに戻した。

さて。洗濯物を取り込んで、菜園に水をやり、夕食の支度をしなければ。

そう決め、カレンは椅子から立ち上がったのだった。

そして、夏祭りの日。

朝食の席で、制服姿のクライドは思い出したように口を開いた。

「今日は夏祭りだな。お前は福引に参加するんだったか」

「うん。せっかくケアリーからもらったものだしね。ありがたく使わせてもらおうかなって」

「そうか。何か景品が当たるといいな」

「そうだね」

クライドはやはり仕事で、一緒に参加することは叶わないようだ。残念だが、仕方ない。せめて花火だけでも一緒に見られたらと思うが、それも無理だろう。

「花火はうちから見るのか？」

「うん。チャドと一緒に見るつもり」

「俺も一緒に見られたらいいんだけどなあ。仕事がなー」

「仕方ないよ。お義兄様は警吏官なんだから」

オールディス家が金持ちなら、そもそもクライドも働く必要はないのだが、現実は貧乏なので仕方ない。そこはクライドも承知しているだろう。

「そうだな。あくせく働くとするかあ。ごちそうさま。じゃあ行ってくる」

「あ、お義兄様、お弁当」

台所を出て行こうとするクライドに慌てて弁当を渡し、カレンはチャドとともに玄関まで見送りに行く。クライドは「夏祭り、楽しめよ」と言って家を出て行った。

「……さて、私も家事をしなくちゃ」

カレンは台所に戻り、手始めに食器の後片付けから始めた。その後は、洗濯、掃除、といつものようにこなしていく。その間、子竜は広間のソファーで丸まっている。

家事は昼頃には終わり、その後は昼食を取って、のんびりと広間のソファーで過ごしていた。が、ふと郵便受けを確認していないことを思い出し、外に出て郵便受けを覗き込むと一通の手紙が届いていて、カレンは目を瞬かせる。セシリアからの返信かと思ったが、違った。

（え？　シリルさんから？）

そう、差出人の名は王都の王宮舞踏会で踊ったシリルだった。

とりあえず家の中に戻ることにして、広間のソファーに座り、手紙の封を開く。

『カレンさんへ

お久しぶりです。シリル・エーメリーです。暑い日が続いていますが、お元気にしていますか？

先日の王宮舞踏会では一曲踊って下さり、ありがとうございました。トラブルもありましたが、カレンさんと踊ることができて楽しかったです。

さて、今回手紙をお送りしたのは、オールディス宅にお伺いしたいと思ったからです。是非、カレンさんの菜園を拝見させていただきたいのですが、どうでしょう？

色よい返事を待っています。

シリル』

達筆だ。名家の子息だというのがよく分かる。

と、それはともかく。

（そういえば、菜園を見てみたいって言ってたっけ……）

お世辞の類ではなかったらしい。本気だったことには驚きだが、まあ別に菜園を見せるくらい構わないだろう。そう思い、早速返事を出すことにした。自室に赴き、文机に座ってシリル宛の手紙を書く。

（いつでも来て下さって構いませんよ、と）

そう結び、手紙を封筒に入れた。

「チャド、ちょっと郵便局に行ってくるわね」

広間にいる子竜に声をかけてから、カレンは家を出た。空から照りつける日差しは強いが、夏のピークは過ぎたのか、少しだけ暑さが和らいだようにも思う。

それでもなるべく日陰を歩きながら、郵便局に向かって歩くこと三十分。

「では承りました」

「よろしくお願いします」

局員に軽く頭を下げて郵便局を出た、その時。

地面が揺れたかと思うと、一台の馬車が郵便局の前に停まった。御者台から降りてきた初老の男性に見覚えがあり、カレンは「あっ」と声を上げる。相手もカレンに気付いたようで、恭《うやうや》しく頭を下げた。

「これはカレン様。ご機嫌麗しく」

「アデラさんのところの御者さん。こんにちは」

「郵便局に御用がおありでしたのかな？」

「はい、ちょっと手紙を出してきまして。あの、先日の王宮舞踏会の時は、送り迎えをありがとうございました」

「いえいえ、長い道中お疲れになったでしょう」

「そんなことありませんよ。すごく快適でした」

そんな会話をしていたら。

「——あら、聞き覚えのある声がするかと思ったら、カレンじゃない」

馬車の小窓が開いて、中からアデラが顔を出した。こんな暑い日でも、メイクはばっちりだ。

しかしやはり暑いのか、金色の長髪を上にまとめ上げている。

では失礼します、と言って御者は郵便局の中に入っていった。

「こんにちは、アデラさん」

「久しぶりねえ。あらあら、相変わらずみすぼらしい服を着て。女はいついかなる時でも着飾っていなくちゃダメよ？」

「は、はい……」

アデラも相変わらずのようだ。みすぼらしいといっても、そんなにボロボロの服を着ているわけではないのだけれど。流行りの服を着ているアデラから見たら、みすぼらしく見えるのだろうか。

「どう？　あれからエーメリー伯爵子息とは」

「えーっと……あはは、特には」

「あらそう。残念ねえ」

何も進展がないことにがっかりしているのが、目に見えるように分かる。うちに来ることが分かったら、大喜びしそうだ。

「家まで送ろうか？　私は構わなくてよ」

「いえ、大丈夫です」

「そう？　気を付けて帰るのよ」

「ありがとうございます」

では、と会釈してカレンは帰路についた。本当に悪い人ではないんだけどねえ、と内心ため息をつきながら。アデラと会うと、必要以上に疲れる。きっと、相性が悪いのだろう。

途中、ケアリーの家の前を通った。店は通常通り営業している。客の数は大分落ち着いてきたのか、行列は短い。いつも試食品を配っている看板娘ケアリーの姿は、やはりなかった。

ケアリーの所に顔を出そうかと思ったが、なんだかアデラとの接触で疲れてしまい、今日はやめておくことにした。手土産もないことだし。

そのまま真っ直ぐ家に帰ったカレンは、夜までのんびり過ごすことにした。時々子竜と戯れたり、アイスティーを飲んだり、菜園に水を与えたり。

そうして夜。

「じゃあね、チャド。ちょっと福引に行ってくるから」

「きゅう」

ケアリーからもらった福引券を持ち、カレンは家を出た。夜といっても、まだうっすら明るい。風も生温く、じんわりと汗が滲んでくるような熱気だ。

クライドは今頃、商店街で警備をしているのだろう。暑い中、ご苦労様だ。

(景品って何があるんだろう。何か当たったらラッキーだなあ)

そんなことを思いながら街中に行くと、途中から道が街灯以外にも照明で明るく照らされており、そのまま進んでいくと、道の両端に出店がずらりと並んでいた。そこは人々で賑わいをみせ、騒がしい。

懐かしい雰囲気だ。

その人の波に入っていくと、兄妹だろうか。幼い子供二人がりんご飴を片手に、カレンの脇を笑い声を上げながら走り去っていった。りんご飴は、ケアリーの両親がやっている出店で買ったのだろうか。

仲睦まじい様子に思わず頬が緩む。

(ふふっ、楽しそう。私もあんなに小さかった頃があったのよね)

それにしても、鶏の串焼きの香ばしい匂いやら、綿菓子の甘い匂いやら、出店ならではの様々な香りが鼻腔をくすぐる。なんだかお腹が空いてきた。

(せっかくだから、何か買って食べようかな)

そう思い、鶏の串焼きを一本買って食べた。外はぱりっとしていて香ばしく、中はジューシーで肉汁が溢れ出してくる。カレンは、肉汁を地面に落とさないように慌てて素早く口に運んだ。

(はあ、おいしかった。外で食べるっていうのも、いいのよね)

子供の頃、クライドとともに参加して、色んなものを食べ歩いていたことを思い出す。夏祭りの時だけは、貧乏ながらも両親がたくさんお小遣いをくれて、一緒に楽しんでいたのだ。

ついつい思い出に浸って、りんご飴やら綿菓子やらまで買って食べてしまった。家で待っている子竜に申し訳ない。何かお土産を買って帰ろう。

そう思いながら、カレンはやっと元々の目的である福引の会場を探し始めた。けれど、人混みがすごくて場所をなかなか見つけられない。

人の波に流されながら困っていると、突然誰かに手首を掴まれて悲鳴を上げそうになった。

「カレン」

「あ、お義兄様。なんだ、お義兄様かあ」

不逞《ふてい》の輩ではないことにほっとしただけだが、その言い草にクライドは苦笑していた。

「なんだ、ってお前なあ……」

「あ、あはは……言葉のあやよ、あや」

クライドに引っ張られて、カレンは出店と出店の間にある空間に脱出した。ようやく一息つけて、カレンは「ふぅ」と息をつく。

「お義兄様、仕事中じゃないの？」

「仕事中だ。でもお前が福引の会場から正反対の所にいるから、気になって声をかけたんだよ」

「え、正反対!?」

「ああ。福引の会場はあっちだぞ」

「そうだったんだ。ありがとう、教えてくれて」

仕事の邪魔をしては悪い。「じゃあ行くね」と背を向けると、

「迷子になるなよ」

「もう、子供扱いしないで」

そんなやりとりを交わして、カレンは福引の会場へと向かった。クライドの言う通り、正反対の方角に会場はあり、どうりであちこち探してもなかったわけだ、と内心苦笑した。

福引の会場は、まだ夏祭りが始まったばかりだからか、思ったほど混雑しておらず、すぐに福引は引けた。何か当たりますようにと願いながら、福引抽選器を回すと、赤い玉が転がり出てきた。

それはなんと。

「三等賞ぉぉ！」

「えっ」

「おめでとうございます！　こちら、景品のすいかになります！」

「あ、ありがとうございます」

本当に当たってしまった。それもすいか。菜園では育てていないもので、まだ今年は食べていなかったので素直に嬉しい。

ありがたく景品を受け取り、カレンは来た道を引き返した。途中でまたクライドに会わないかと思ったが、帰りは会わなかった。もし会ったら、すいかを見せてやろうと思ったのだけれど。

（あ。チャドにお土産……まあ、すいかでいっか）

一緒にすいかを食べながら花火を見よう。

そう思いながら、家に帰ると子竜が飛んで出迎えてくれた。そんな子竜に「じゃーん」と言ってすいかを見せると、子竜は「きゅう!?」と驚きの声を上げた。

「えへへ。福引で当たったんだ。後で一緒に食べよう？」

「きゅう！」

子竜の目は、いつも以上にきらきらと輝いている。もしかしたら、すいかを見たことがないのかもしれない。初めて食べる味にどんな反応をするのだろう。

カレンもこの夏、初めて食べるので楽しみだ。

さて、そうと決まったら。

（外で食べる準備をしなくちゃね。テーブルと椅子を出さなくちゃ）

すいかを台所のテーブルの上に置き、カレンは外に出た。物置小屋から簡易的なテーブルと椅子を引っ張り出し、庭に並べる。何年も使っていないので埃だらけだ。そんなわけで、水で濡らした雑巾でぴかぴかに磨き上げ、使えるようにした。

（よし、と。あとはいつ花火が上がってもいいように、すいかを切っておこう）

準備を整えたカレンは家に戻り、台所ですいかにナイフを入れた。一度では食べ切れないのと、クライドの分も取っておきたいのとで、とりあえず半分に切り、半分を布で包んで貯蔵庫に置いておく。

そしてもう半分を切り分け、皿に乗せて食べる準備は完了だ。あとは、花火が上がるのを気長に待つことにして、カレンは広間のソファーに座った。

そうしてアイスティーを飲みながら、待つこと二時間。

ひゅ～、と花火が上がる時の音が聞こえてきて、カレンは席を立った。

「チャド、行くわよ」

ソファーで丸まっていた子竜に声をかけ、いそいそと台所に行ってすいかが乗った皿を手に持つ。そして、ぱたぱたと飛んできた子竜とともに外に出た。

その時、ぱあんと色鮮やかな花火が夜空で弾けた。

「うわあ、綺麗」

「きゅう」

次々と花火が上がっては弾け、上がっては弾けていく。カレンは皿を用意していたテーブルの上に置き、椅子に座ってその光景を楽しんだ。

「きゅう、きゅう」

「あ、食べていいよ」

子竜は早速すいかにかじりつき、おいしそうに食べている。「黒い種は食べないでね」と声をかけながら、カレンもすいかを手に取る。

(すいかを食べながら花火を見るなんて、何年ぶりかな？　お義兄様も見られればよかったのに)

残念に思いつつ、すいかをかじる。すいかは瑞々しく、甘くておいしい。

ぱあん、ぱあん、と咲き誇る大輪の華。クライドもどこかから見ているだろうか。

その時だった。

「よう！　見てるか〜？　花火」

「え、お義兄様!?」

突然、ひょっこりとクライドが顔を出し、カレンも子竜も驚いた。

「何やってるの？　仕事は？」

「休憩中だ。ちょっとだけでも、お前らと花火を見ようと思ってさー。お、すいかじゃないか」

「あ、それは福引で当たって……」

走ってきたのか、息を切らしているクライドは、一応子竜用に出していた椅子にどっかと座った。そして、「喉渇いた〜」と言ってすいかを食べ始めたのだった。

「うまいな、これ。すいかを食べながら花火を見るなんて、何年ぶりだ？」

「私も同じことを考えてたよ」

「ははっ、考えることは一緒か」

おかしそうに笑い、穏やかな眼差しで花火を眺めるクライド。花火の光にその横顔が照らし出されて、あまりに優しい表情にカレンはどきりとする。

「……戻れたらいいのにな、あの頃に」

「え？」

クライドがぼそりと呟いた言葉は、花火の音に掻き消されてカレンの耳には届かなかった。

休憩中というのでしばらくここにいられるのかと思いきや、数分もしないうちにクライドは席を立った。本当にちょっと一緒に見るためだけに、わざわざ顔を出したようだ。

「じゃ、戻るわ。お前らは楽しめよ」

「うん。お仕事頑張ってね」

「きゅう」

走り去っていくクライドの背中を見送り、カレンは再び花火を眺めた。

（ちょっとだけでも、一緒に見れて嬉しい、かも）

今日はこのことを日記に書こう。

そうしてまた、新たな思い出が刻まれる。

第10章　お義兄様の幸せ

「よし、と」

外から帰ってきたカレンは、台所に立ってお茶菓子の準備を終えた。お茶菓子とは、ケアリーの家のアップルパイである。アイスティーの準備もできているので、これで出迎えの準備は万端だ。

というのも、今日はセシリアが遊びにやってくる日なのである。昼頃に伺うと手紙に書いてあったので、そろそろ顔を出す頃だろう。

それまで広間のソファーで待っていることにして、カレンは子竜と戯れて遊んだ。子竜と遊んでいると心が癒される。なんだかもう完全にペット扱いになっている子竜だ。

（そういえば、セシリアさんにチャドのこと話してなかったなあ。見たら、驚くかも）

セシリアの護衛の精霊騎士達は外で待機させるという話だったので、セシリアに口止めをすれば、カレンが精霊姫ではないかとは怪しまれないだろう。

セシリアに食べさせる菜園の野菜は、すでにサラダにして台所に置いてある。新鮮なものを食べさせてあげられなくて申し訳ないが、実を実らせているところを精霊騎士達に見られてはマズいのでそうした。

（でもどうして同じ精霊姫なのに、作物の味が違うんだろう。得意不得意があるのかな？）

それもカルガアに訊いてみればよかった。今度会ったら訊いてみよう。

そんなことを考えていたら、玄関の呼び鈴が鳴った。きっと、セシリアだ。

「はーい」

いそいそと玄関に向かい、扉を開けると、そこにいたのは予想通りセシリアだった。今日は癖のない茶の長髪を背中に垂らし、涼やかな青いワンピースを着ている。背後には、二人の屈強な精霊騎士が控えていた。

「こんにちは、カレンさん」

「いらっしゃい、セシリアさん。それに護衛の方々も。長旅お疲れ様でした」

まずは、護衛の二人を「こちらへどうぞ」と庭に導いた。そこには、花火の時に使用したテーブルと椅子が置いてあり、その席に二人を案内する。

「日陰とはいえ暑いと思いますが、よかったらこちらに座っていて下さい」

「おお、お気遣いありがとうございます。ではありがたく」

そう言って、二人は席に座った。けれど、体格がいいので横幅がギチギチだ。窮屈《きゅうくつ》な思いをさせてなんだか申し訳ないが、これしか椅子がないので我慢してもらうしかない。

「では、アイスティーをお持ちしますね」

にこりと笑って、一旦庭を離れて玄関へと戻る。そこにはセシリアが立っているので、今度は彼女を家の中に案内した。広間のソファーに連れて行くと、隅に丸まっていた子竜がぴくりと反応して、体を起こしたかと思えば、いきなりセシリアに向かって突撃していく。

「きゅ～！」

「きゃっ」

「こら、チャド！」

二人の間に割って入ったカレンは、突進するような勢いの子竜を受け止め、「ダメじゃない、驚かせたら」と叱った。怒られてしゅんとする子竜に「まったく」とため息をつきつつも、振り返ってセシリアに子竜を紹介する。

「セシリアさん。この子、ペットの……じゃない、同居精霊のチャドです」

「まあ、カレンさんも精霊と同居しているのですか」

「え？　カレンさんも？」

も、ということは、セシリアも精霊と同居しているのだろうか。

目を瞬かせるカレンに、セシリアは苦笑した。

「精霊宮にもたくさん精霊がいるんですよ。相手をするのに困ってしまうくらいで」

「そうなんですか。大変ですね」

子竜が何匹もいる感じだろうか。さすがは精霊宮。きっと、みんな精霊姫に構ってほしくて集まっているのだろうなあ、と事情が察せられた。

子竜もセシリアに抱っこしてもらいたいのか、カレンの腕の中でジタバタしている。仕方がないので「驚かせたらダメだからね」と念押しし、子竜を解放すると、ぱたぱたとセシリアの下に飛んでいった。

それをセシリアは腕で受け止め、よしよしと頭を撫でた。

「チャド君、こんにちは。セシリアです」

「きゅう」

セシリアの腕の中で、子竜は心地よさそうにしている。精霊というのは、精霊姫の傍が居心地いいものなのだろうか。

まあ、それはともかく。

「セシリアさん、ソファーに座っていて下さい。私、ちょっと、外の精霊騎士さん達にお飲み物を出してきますね」

カレンはそう言い置いて、台所に向かった。用意していたアイスティーをグラスに注ぎ、切り分けていたアップルパイとともにお盆に乗せて、庭に運んでいく。

「お待たせしました。アイスティーとアップルパイです。よかったら、お召し上がり下さい」

「すみません、何から何までお気遣い下さって」

「当然のことをしているまでです。熱中症には気を付けて下さいね」

「はい。ありがとうございます」

では失礼します、と言ってカレンは家の中に戻った。台所に戻り、今度はセシリアと自分の分のアイスティーとアップルパイをお盆に乗せて、広間に運ぶ。

「セシリアさん、お待たせしました。アイスティーとアップルパイです」

「まあ、ありがとうございます」

ソファーに座って子竜と戯れていたセシリアは、早速アイスティーに手を伸ばした。暑い中、やってきて喉が渇いていたのだろう。ごくごくと一気にグラスの半分ほど飲んでしまった。飲んでからしまったと思ったのか、セシリアは恥ずかしそうに口元を手で覆い隠した。

「すみません、はしたないところをお見せして。平民だった頃の立ち振る舞いがまだ抜けなくて……よく神官長からお叱りを受けるのですけど」

「構いませんよ。私も喉が渇いている時は、一気飲みしますしね」

向かい側のソファーに腰かけて、にこりと笑うカレンに、セシリアはほっとしたらしく、「ふふ、そうなのですか」と柔らかな笑みを浮かべた。

「このアップルパイは、カレンさんの手作りで？」

「いえ、お店で買ったものです。でも、私が精霊姫の力で育てたりんごを使ってるんですよ」

それを聞いたセシリアは、興味津々といった様子でアップルパイを一口フォークで口に運んだ。すると、驚きに目を見開き、「おいしい！」と声高く絶賛した。

「すごいです！　すっごくおいしいです！」

「あはは、パティシエの腕がいいんですよ」

「それだけではありません。りんごもおいしいからですって、絶対」

「あ、生のりんごもありますが、食べてみます？」

「本当ですか？　是非！」

こういう流れになると思って、実はりんごも用意していたのである。カレンは、「ちょっと待っていて下さい」と言って席を立ち、台所に向かった。用意していたりんごが乗った皿を広間に運び、セシリアの前に「はい、どうぞ」と置くと、セシリアは早速口に運んだ。

そして。

「おいしいです！」

「それはよかったです」

「すごいですね！　何か育てるコツとかあるんですか？」

「いえ、特には」

ケアリーにも訊かれたが、勝手に生えてきて勝手に実るだけなので、育て方のコツと言われても答えようがない。苦笑するカレンに、セシリアは目を伏せた。

「……私が育てる作物は、どうしておいしくないのでしょう」

「おいしくなければ、いけないんですか？」

「秋には精霊に作物を捧げる儀式があるのです。だから、おいしくなかったら、精霊が怒るのではないかと思いまして」

「そんなことありませんよ」

カレンは子竜を見る。子竜はセシリアの隣にちょこんと座ってべったりだ。

「精霊は精霊姫のことが大好きなんです。さっきも相手にするのに困ってしまう、と言っていたでしょう？　だからどんな作物でも喜んで食べてくれますよ」

「そう、でしょうか……」

自信なさげに俯いていたセシリアだったが、はたと我に返って、「すみません、私の相談をするために来たのではないのです」と気持ちを切り替えて顔を上げた。

「カレンさんから恋愛相談があるとのことで。何かあったのですか？」

「ええと、はい。セシリアさんのご意見を伺いたくて」

「はい、なんでしょう？」

「実は――」

カルガアの時と同じく、カレンは事情を話した。ややこしい話だが、セシリアもカルガア同様、きちんと理解してくれた。

「なるほど。それは難しい問題ですね」

「セシリアさんはどうしたらいいと思います？」

「そうですね……私はカレンさんの意思を貫けばいいと思います」

「私の意思？」

「はい」

セシリアは言葉が足りないと思ったのか、続けた。

「私、幸せとは自分が決めるものだと思っているのです。ですから、クライドさんの幸せもクライドさんが決めるものであり、カレンさんが何かしようとする必要はないと思うのですよ」

「でもそれじゃ、お義兄様は誰とも結婚できないじゃないですか」

「それでいいのです。クライドさんがそう決めたのなら」

つまり、セシリアはクライドが決めたことなら、それがクライドにとっての幸せだというのだ。この場合、独身を貫くカレンに合わせて自分も結婚しないということが。

（それが本当にお義兄様にとっての幸せなの……？）

アデラという好きな人がいるのに、結婚できない。それは果たして幸せだと言えるのだろうか。

「納得できない、といった顔をされていますね」

「え、あ、えっと」

「私、思うのです。誰かの意思を変えようとすることほど、傲慢《ごうまん》なことはないと。ですから、クライドさんの意思を尊重してあげてほしいと思うのですが、どうでしょう？」

これはこれで予想外の意見だ。カレンは咄嗟に言葉が出なかった。

「う……はい。参考にさせていただきます……」

セシリアの真摯《しんし》な意見にそう言う他なく。

「話を聞いて下さって、ありがとうございました」

「いえいえ。また何かありましたら、気軽におっしゃって下さい」

手紙でもいいので、と付け加えるセシリアにカレンははっと思い出す。

「そういえば、セシリアさん。手紙のことなんですけど、検閲されている可能性が高いと思うんです。ですから、私が精霊姫だということは絶対に書かないで下さいね」

言われてセシリアは思い至った様子で、

「分かりました。気を付けます」

と、情報に注意することを約束してくれた。

「それにしても、本当においしいですね、このアップルパイ。こんなにおいしいと、有名でしょうねえ」

「そうですね、毎日行列ができてましたよ。最近は落ち着きましたけど」

「この時季にりんごなんて珍しいでしょうしね。精霊姫だとはバレませんでした？」

ケアリーの顔がちらりと思い浮かんだが、ケアリーは精霊姫だとは知らないので、「意外と大丈夫でしたよ」と話を流すことにした。

「あ、そうだ。セシリアさんに菜園の野菜で作ったサラダも用意していたんです。食べますか？」

「是非いただきたいです」

「じゃあ、ちょっと待っていて下さいね」

カレンは再び席を立ち、台所に向かった。テーブルの上に置いておいたサラダとフォークを持って、広間に戻る。セシリアの前に置くと、「おいしそう」と目をきらきらとさせていた。

フォークでサラダを口に運んでいく様子を、どきどきしながら見つめていると、

「おいしい！」

と、セシリアはまたもや声高く絶賛した。

「レタスやきゅうりは、シャキシャキしていて瑞々しいし、トマトは果実みたいに甘くておいしい。すごいです、どうしてこんなにおいしく育てることができるんですか？」

「えーっと、さあ……？」

「羨ましいです。こんなにおいしい野菜を毎日食べられたら、いいのになあ」

「でも、精霊宮なら豪勢な食事なんでしょう？」

「いいえ、それがそうでもないのですよ」

セシリアはややげんなりした顔でサラダを食べる手を止めた。

「精霊宮での食事は、肉や魚は禁止されていて、出るのは野菜や豆ばかりなのです」

「え、そうなんですか!?」

初めて知る事実だ。雅《みやび》やかな生活を想像していたので、てっきり食事も豪華だとばかり思っていた。護衛がついて回ることといい、精霊姫というのは案外窮屈な思いをしているのかもしれない。

(なんか、お義兄様のことがなくても、名乗り出なくてよかったかも)

セシリアには、口が裂けても言えないけれども。

その後は他愛のない雑談をしながら、セシリアはあっという間にアップルパイもサラダも完食した。最後にアイスティーを全部飲み干し、「ふぅ」と一息つく。

「ごちそうさまでした。どれもおいしかったです」

「お口に合ったみたいでよかったです。今日はこの街に泊まるんですか?」

「はい。今日は午前中にこの街に着いたので、宿屋で受付を済ませてから来ました」

「そうだったんですか。ちなみにどこの宿屋ですか?」

「アリス屋という宿屋です」

「あ、うちから近いですね」

アリス屋は、オールディス家から徒歩で三十分とかからない。宿屋の中では、一番近い宿屋ではないだろうか。

「それでお願いがあるのですけど……」

「なんですか?」

「宮女にお土産を買って帰る約束をしたのですけど、一緒に選んでもらえませんか？」

「いいですよ。じゃあ、行きましょうか」

あっさり了承すると、セシリアは面食らいつつも、嬉しそうに「はい」と頷いた。そうして、二人とも席を立ち、カレンは子竜に声をかけてから、外に出た。庭に行くと、護衛二人が楽しそうに会話をしていて声をかけづらかったが、そこはセシリア。護衛二人は彼女の姿を見ただけで、直立した。

「これはセシリア様。宿にお帰りで？」

「いいえ。今からカレンさんと買い物に行きます。お前達もついてらっしゃい」

「「はっ」」

護衛二人は恭しく頭を下げた後、片方がカレンに、にこやかに声をかけてきた。

「カレン様、色々とお気遣いありがとうございます。アイスティーもアップルパイも、おいしくいただきました」

「お口に合ったのならよかったです」

カレンもにこやかに返し、四人は商店街に向かうことになった。平日の商店街はそこまで賑わってはおらず――もっとも、王都に比べれば休日でも大して賑わっていない――。四人でも人混みに流されることなんてことはなく、ゆったりと歩くことができた。

「カレンさん、この街の特産品はありますか？」

「うーん……正直思い当たらないです。平凡な街なので、お土産にぴったりというものが思いつかないんですよねえ」

一緒に商店街に出かけたのはいいものの、お役に立てなくて申し訳ない。そもそもオールディス地方からして平地に位置しており、沿岸部に位置する地方のように海鮮物はないし、エーメリー地方のような有名な農作物もない、至って見どころのない地方なのである。

「おすすめできるとしたら、お茶菓子に出したアップルパイくらいしか……」

その時だった。

「ひったくりよおー！」

大声でそんな言葉が背後で上がったかと思うと、横を誰かが走り抜けていった。その手には、大柄な男には似つかわしくない女物のバッグが握られている。

もしかして、あれがひったくり犯だろうか。

追いかけようとしたカレンを、セシリアが手で制した。

「どうして止めるんですか？」

「見ていて下さい」

セシリアは両手を前に掲げた。すると、走り去っていった大柄な男の足元に、輪っかのような木の根が地面から突き出てきて、それに引っかかった男が転倒した。

「アーロン、エイベル、捕まえなさい」

「「はっ」」

名を呼ばれた護衛二人は素早く動き、男を確保した。周りの人間は何が起こったのか理解できていない様子で、拍手も起こらない。ただ、一様にぽかんとして護衛二人と男を見つめている。

それはカレンも同じだった。

（え、もしかして今のは精霊姫の力？）

あんなこともできるのか、精霊姫というのは。

ふと気付けば、輪っかのような木の根は消えていた。ただ、石畳の地面から突き出た時の跡のようなものは残っている。

「ああ、あんた達、捕まえてくれたのかい。ありがとう！」

バッグを奪い取られたらしい被害者の老女は、よたよたと追いついてきた。カレンの横を通り過ぎ、護衛二人がいる前方へと近付いていく。

「ひったくられたものは、こちらのバッグでお間違いありませんか？」

「ああ、そうだとも！　いや～、助かったよ。ありがとさん」

「はは……お役に立てて光栄です」

護衛の精霊騎士は苦笑いだ。それもそうだろう。実際に取り返すきっかけを作ったのは、主《あるじ》であるセシリアなのだから。

「こちらの男は、警吏官に突き出しますか？」

「もちろん！　ちゃあんと、裁きを受けてもらわねば！」

「承知しました。では、ご一緒に派出所に行きましょう」

話が決まったところで、周囲の人々は何事もなかったかのように歩き出した。カレンとセシリアも彼らの下へ行き、今度は五人とひったくり犯とで派出所に行くことになった。

よたよたと足元がおぼつかない老人を見かねたカレンは、そっと手を差し出す。

「どうぞ、お手を」

「おお、すまんねえ。最近の若者にしては、しっかりしてるねえ」

「いいえ、そんなことはないですよ。お婆ちゃんもお元気ですね」

「ははっ、元気だけが取り柄だからねえ」

そんな和やかなやりとりをしながら、派出所に到着した。ちょうどクライドが勤務していて、クライドは大人数での押しかけに少々驚いていた。

「おー、カレン。どうした？」

「実はひったくりがあって。こちらが被害者のお婆ちゃん、そしてこちらの男がひったくり犯だよ」

ひったくりと聞いて、クライドの顔が真剣なものになる。

「そちらの三人は？」

「犯人を捕まえた男の人二人に、私と一緒にいた友達」

「……なんでお前らまで一緒なんだ？」

もっともな疑問である。怪訝そうな顔をするクライドに、カレンはどこまで話したらいいのかなあ、と頭を回した。

「ええと、犯人を捕まえた二人が私の友達の護衛なの。それに派出所がどこか分からないから、私が案内することになったんだよ」

「護衛!?」

まず、平民ではあり得ない話だ。さすがに精霊姫だとは思わないだろうが、どこぞの高貴な生まれだと想像したに違いない。

しかし、そこはクライド警吏官。冷静になって、護衛二人に敬礼した。

「ご協力ありがとうございます」

「いえ、当然のことをしたまでです」

精霊騎士というのは、礼儀正しいのだなあ、とカレンは思った。やはりそこは騎士というべきか。

ひったくり犯はクライドの手によって逮捕され、被害者の女性とともに事情聴取を行うということで、カレン達は派出所を後にすることになった。

「じゃあね、お婆ちゃん。今度は気を付けてね」

「ああ、ありがとう。お嬢ちゃん達も気を付けてな」

被害者の女性と別れ、カレン達は再び商店街を目指して歩いた。歩きながら、こそこそとセシリアに耳打ちする。

「あの、さっきのってセシリアさんの力ですよね？」

「はい」

「すごいですね、あんなことができるなんて」

「カレンさんも……」

できますよ、と言いたかったのだろう。しかし、セシリアは後ろに護衛二人がいることを思い出したようで、「できるようになったらいいですね」とにこりと笑った。

「それでお土産のことなんですけど」

「ああ、そうでしたね。うーん、私がおすすめできるのは、お茶菓子に出したアップルパイくらいしかありません」

「ああ、あれは本当においしかったですね。確かにあのアップルパイなら、宮女も喜ぶでしょう。お土産にするのも、いいかもしれません」

「でも、他にも色々見てみませんか？　何か他に気に入るものがあるかもしれませんし」

「ええ、そうですね」

しばらく、四人で商店街を色々見て回った。しかし、結局ケアリーの家のアップルパイがいいということになり、セシリアはアップルパイをいくつも買ってそれを護衛に持たせ、帰路についた。

カレンはセシリア達が泊まるというアリス屋まで送ることにした。

「それじゃあ、セシリアさん。それに護衛の方々も。総本山まで気を付けてお帰り下さい」

「はい。今日はありがとうございました。また手紙を書きますね」

「楽しみにしています」

そうして彼らと別れ、カレンも帰路についたのだった。


その日の夜。

いつもより遅く帰ってきたクライドは、帰ってくるなり昼間のことを訊いてきた。

「カレン、昼にうちの派出所に来た時の友達、誰なんだ？」

「お帰り、お義兄様。ほら、前に話したでしょ。王都で出会った友達のセシリアさんよ」

飛び込んできた子竜を腕で抱き留めながら、クライドは「ああ」と思い出したように返した。

「そういえば、お前宛に手紙が来てたな。今日、遊びに来てたんだな」

「そう。それで買い物中にひったくり犯と出くわしたんだよ」

「貴族なのか？」

「まあ……そんなところかな」

身分は貴族と変わりあるまい。いや、あるいはそれ以上か。

「護衛なんて言うから驚いた。まさか、お前に貴族の友達ができるとはなあ」

「ちょっと、どういう意味？」

失礼な言い方である。まるでカレンの性格に難があるようではないか。

そう思ったが、違った。

「いやあ、だってうちは貧乏だし、お前の趣味も家庭菜園だし、話が合うのかと思って」

「セシリアさんはいい人だよ。うちの菜園の野菜もおいしいって言ってくれたし」

「へえ、食べさせたのか。それはいい人だな。大事にしろよ〜。お前、友達少ないんだから」

「ほっといてちょうだい！」

まったく、余計なお世話だ。友達なんて、気の合う人が数人いるだけで十分だとカレンは思う。もっとも、今のところケアリー一人しかいないのだけれど。

ふとクライドを見ると、その表情は嬉しげだ。茶化してはいたが、カレンに友達ができたことを喜ばしく思っているのだろう。

そんなクライドを見て、カレンはセシリアの言葉を思い出す。

『クライドさんの意思を尊重してあげてほしいと思うのですが、どうでしょう？』

セシリアはセシリアなりに真剣に考えて答えを出してくれた。その意見を無下にもできないが、やはり納得できないというのが正直なところだ。

けれど、クライドの幸せをカレンが決めてしまうのは間違いだという意見は確かにな、と思う。何が幸せかは自分自身が決めるものである。

 では、クライドにとっての幸せとは何か。

「……ねえ、お義兄様。訊いてもいい？」

「なんだ？」

子竜を高い、高いしながら、クライドは不思議そうな顔でカレンを見た。そんな彼をカレンは真剣な眼差しで見つめる。

「あの、ね」

「おう」

「……お義兄様にとっての幸せって何？」

「なんだ、藪《やぶ》から棒に」

「ちょっと訊いてみたくて」

「うーん、そうだなあ」

唐突な質問にも、クライドは真剣に考えてくれた。やがて柔らかい笑みを見せて言う。

「今の平和な日常がずっと続くことかな」

「今の日常？」

「そう。朝、お前に起こされて、お前のうまいメシを食って、仕事をして、チャドに構って……そんな当たり前の生活が、俺にとっては幸せだ」

「そう、なんだ」

今の生活を幸せだと思ってくれている。それは大変嬉しいことで、同時に拍子抜けする答えでもあった。

（お義兄様の幸せってささやかなことなのね）

なんだか、すっと肩の荷が下りた気がした。クライドの幸せが、クライドの幸せが、と根を詰めて考えていた自分が気負っていたように思えて、セシリアが言いたかったことが分かったような気がした。

要は、クライドをもっと信じろということなのだ。クライドは自分で幸せを見つけられる。カレンが何かしてやろうなどというのは、大きなお世話だったのだ。

「ねえ、お義兄様」

「なんだ？」

「私、独身を貫くわ。お義兄様は本当に結婚しないの？」

以前と同じ話題でも、カレンの雰囲気が変わったことに気付いたのだろうか。クライドは少々面食らった顔をしていた。

それでも答えは変わらない。

「ああ、しない」

「それなら、アデラさんとの婚約はどうするの？　このまま、結婚する気もないのに待たせ続けたら、アデラさんが可哀想じゃない」

「ああ、それは婚約破棄する方向で話を進めてる」

「え？　進めてるの？」

それは知らなかった。数日前、アデラに会った時はいつも通りだったが。

目をぱちくりさせるカレンに、クライドは苦笑した。

「正確には、今日、仕事帰りに切り出してきた。難航しそうだが、必ず破棄する」

「でもいいの？　まだ好きなんじゃないの？」

「あー……それはだな」

もう別に言ってもいいかな、という感じでクライドは指で頬を掻いた。

「実は単なる政略結婚だったんだ。だから別に恋愛感情はない」

「え!?」

「お前が結婚に憧れてるものだとばかり思ってたからさー、好きってことにしておかないと夢を壊すと思って。まあ、別に誰も好きだとは言ってなかったけどな」

そういえば、確かに――とカレンは思い返す。当時、クライドはアデラと婚約したと言っていただけで、本人の口から好きだと一度も聞いたことがない。

ということは、カレンがそう思い込んでいたのに、ただ合わせてくれていただけだということになる。

（私ったら、ずっと勘違いしてたの……⁉）

両親が恋愛結婚だったカレンは、好き合って結婚するのが当然だと思っている。だから家柄目当てのアデラにいい感情を持っていなかったのだが、そうか。クライドにとっても政略結婚だったのか。

「じゃ、じゃあ、お義兄様は何が目当てで、アデラさんと婚約したの？」

「お前の結婚資金だ」

「え？　私の結婚資金……？」

「お前がどこか貴族の家に嫁ぐと思ってたから、その時にある程度はお金を持たせないと相手の家にナメられるだろ？　それでどうしようか悩んでいたんだが、アデラが自分と結婚するなら、そのお金を援助するって切り出してきてさ。それで渡りに船だと思って、婚約を決めた」

「わ、私のためだったの？」

なんだ、それは。

クライドがカレンのために決めたことに、カレンはクライドのために、とずっと思い悩んでいたというのか。完全にボタンを掛け違えている。

（もう、何よそれ……）

真面目に悩んでいたことがバカみたいだ。

「……でも二年も待たされたアデラさんが、ちょっと気の毒だね」

失礼な人ではあるが、根っからの悪い人ではない。確か今年で十八歳だったはずだから、すでに結婚適齢期である。そんな中で二年待たされたのは痛いだろう。

クライドもバツが悪そうだ。

「ああ、それでちょっと難航しててな。誰か他に男を紹介しろって言われて」

「どうするの？」

「まあ、なんとかするさ。お前は心配するな」

ぽんぽん、とカレンの頭を軽く叩いて、クライドはこれで話は終わりと言わんばかりに、子竜を腕に抱えて広間に向かっていった。

カレンは叩かれた所に、そっと手を当ててくすりと笑う。

（胸のつかえが取れたみたい……）

晴れやかな気分だ。悩みの種がなくなって。

これでいいのだ、きっと。

そう思いながら、カレンもクライドの後を追った。

第11章　立てこもり事件

「うーん、できない……」

数日後、カレンはカルガアの森に来ていた。ひとけがない所で、先日セシリアがやっていた、地面から木の根を飛び出させる技を試してみているのだが、一向にできる気配がない。

何故わざわざカルガアの森に来ているのかというと、一度裏庭でやってみたら木の根どころか木そのものが生えてきてしまったため、裏庭を森に変えてはまずいと思って移動した次第だ。

(護衛の人がいなかったらなあ。コツを訊けたのに)

手紙に書いてみたらいいだろうか。いやしかし、本当に検閲されていたら、カレンが精霊姫ではないか、と怪しまれる可能性がある。それは避けたいことだ。

「ふぅ、一休み」

地面にハンカチを敷いて、木々に囲まれた中にカレンは座る。木々の葉によって直射日光は避けられ、また川の傍にいるせいか、心持ち涼しい。

(懐かしいなあ。よくあの川でお義兄様が釣りをしていたっけ)

カレンはそれによく同行していた。俺と結婚するか？　と訊かれて、素直になれず断ってしまったのもあの川である。少々苦い記憶だ。

内心苦笑していたら。

「ほうほう、そんなことがあったのか」

「!?」

突然、背後で声が上がり、カレンは飛び上がりそうになった。慌てて後ろを振り返ると、そこには幼女の姿をしたカルガアが立っており、悪戯っぽく笑った。

「久しい……というわけでもないな。この間は世話になった」

「カルガア様！　ビックリさせないで下さいよ！」

「はっはっは、すまん。驚かせたくなってのう」

無邪気に笑いながら、カルガアはカレンの隣に並ぶ。

「して、我が愛しの精霊姫よ。こんな所で何をしておる」

「地面から木の根を輪っかのように出す練習をしているんです」

「ほう?」

「あ、実はもう一人精霊姫がいるんですけど、その子がそれをできて、私もやれるかなって思って試してるんですけど」

「なんだ、できんのか?」

「はい……」

そういえば、とカレンは思い出す。カルガアに会ったら、訊いてみたいことがあったのだ。

「あの、カルガア様。一つお訊きしてもよろしいでしょうか？」

「なんだ」

「もう一人の精霊姫の子が育てる作物がおいしくないそうなんです。私もその子ができることができないし……どうしてなんでしょう？」

「ふむ」

答えはあっさり返ってきた。

「以前、精霊姫が能力の継承者というのは話したな？　そして、精霊姫というのは本来は一人。それが二人になっていることで、能力が分散したんじゃろう」

「え、つまり」

「お互いにできることとできないことがある、ということだな。なに、二人いるのなら補い合えばいいこと。悩む必要はない」

そういうことだったのか。得意不得意があるのかも、と思っていたカレンの推測は、あながち間違ってはいなかったということだろう。

（ってことは、これは私にはできないのかあ）

またどこかでひったくり犯と出くわした時、捕まえるのに便利な能力だと思ったのだけれど。

残念だが、仕方ない。

「ところで、あれからクライドとはどうだ？　何か進展はあったか？」

「あ、その話なんですけど、解決しました」

「ほう、どうなった？」

「あのですね――」

セシリアに相談したこと、彼女の意見がきっかけでカレンも気持ちが変わったこと、クライドが婚約破棄することになったこと、カレンは全部話した。

ふむふむと話を聞いていたカルガアは、にやりと笑った。

「ということは、あとは告白するだけだな」

「え!?」

「だってそうではないか。クライドは婚約者を好きではなかった、そして婚約破棄をする。あとはそなたの気持ちを伝えればいいだけではないか」

それは思ってもみなかったことで、カレンは真っ赤になった。

「い、いえ、それは……！」

「なんだ、何か問題があるのか？」

「あの、私は今の関係が続けば、それで幸せですから」

「欲のないことだのう」

欲がない？　いや、違う。

カレンは俯いた。

「私は怖いだけです。告白することで今の関係が崩れてしまうことが」

「今の関係を変えねば、新たな関係に発展せんぞ」

「だって、フラれたら気まずくなるじゃないですか」

「何故、フラれることが前提なんだ」

「お義兄様に女性として好かれている自信がありません」

「……」

難しい話だのう、とカルガアは呟く。沈黙が流れ、ピーヒョロロと鳥の鳴く声がいやに大きく響いた。

「……まあ、どうするかはそなたが決めることだ」

「はい……」

「しかし、覚えておくがいい、我が愛しの精霊姫よ。何かを得るためには、何かを失わなければいけないこともあると」

ではな、と言ってカルガアは、一瞬にして姿を消した。精神体に体を切り替えて、あの大樹に戻ったのだろう。

（何かを得るためには、何かを失わなければいけないこともある、か）

それはその通りだと思う。何かを得るためには、代償を支払わなければならないこともある。

（でも、私には無理だよ……）

玉砕する勇気も、これまでの関係を壊してしまう恐怖を乗り越えられる強さも、カレンにはない。

カレンは膝を抱え、その場に蹲《うずくま》った。

家に戻ると、家の前に一台の馬車が停まっていた。

（あれ？　アデラさんかな？）

馬車で我が家を訪れる者など、アデラくらいしか思いつかない。もしかしたら、クライドの婚約破棄のことで何か物申しに来たのかも――と玄関に向かうと、予想は外れた。

「シリルさん！　本当に来て下さったのですか！」

玄関の前にいたのは、なんとシリルだった。呼び鈴を押していたところで、背後からのカレンの声に気付くと、少々驚いた顔で振り返った。

「これはカレンさん。お出かけしていたのですか？」

「はい。ちょっと近くの森の川で涼んできて」

「そうでしたか。暑いですもんねえ」

シリルはぱたぱたと手で顔を扇ぐ仕草を見せ、にこりと笑った。今日の彼は白いシャツに青いズボンという爽やかな服装をしている。

カレンもにこりと笑い返した。

「どうぞ、中にお入り下さい。アイスティーを準備しますから」

「お気遣いありがとうございます」

「あ、御者さんもご一緒にどうぞ。長旅でお疲れでしょう」

「御者のことまで……では、呼んで来ますね」

シリルが馬車の御者台に乗っている御者を呼びに行っている間に、カレンは玄関の鍵を開けて先に家に入った。家中の窓を閉め切っているため、熱気がこもっている。いつものように出迎えてくれた子竜に構うのもそこそこに、カレンは窓を開けて回った。

再び玄関に戻った時には、シリルと御者が待っていて、二人を広間に案内する。

「どうぞ、こちらのソファーにお座り下さい」

「では、失礼します。オーガスト、お前も」

「はい」

オーガストと呼ばれたシリルの御者は、初老の男性だった。しかし、背筋はぴんとしており、あまり老いを感じさせない。

「じゃあ、今、アイスティーをお持ちしますので、少々お待ち下さい」

にこりと笑って、カレンは台所に向かった。――と。

「え、竜⁉」

シリルの驚く声が聞こえて、カレンは後ろを振り向いた。

子竜を抱きかかえたシリルは、目をぱちくりさせていた。

「カレンさん、どうして精霊がいるんです!?」

そうだった。子竜がいたのだった。

「あ、えーっと、うちの菜園のトマトを食べていたところを保護したんです」

「カレンさんの菜園に精霊が!?」

「ほう、珍しいこともあるものですな」

「そうなんですよ。私もビックリしてしまって」

珍しいですよねー、と笑顔で押し通すことにして、カレンは今度こそ台所に向かった。たまたま、昼に飲んだアイスティーが残っているのでちょうどいい。

しかし、問題はお茶菓子である。

(ケークサレしかない……あらかじめ分かっていたら、アップルパイを用意したのに)

ケークサレとは、野菜やお肉、チーズを焼き込んだ、塩味の甘くないケーキのことで、今あるのは菜園の野菜でカレンが作ったケークサレである。菜園の野菜を使っているのでおいしくはあるのだが、同じ甘くないアイスティーとの相性はいいとは言えないだろう。

(仕方ない、か。ないよりはマシだよね)

ケークサレを皿に取り分け、アイスティーも準備をして、カレンは広間に運んだ。

「お待たせしました。アイスティーとケークサレです」

「ありがとうございます。うわあ、おいしそうだなあ。なあ、オーガスト」

「はい。どちらもカレン様のお手製で？」

「ええ、そうです。お口に合うといいんですけど」

彼らはアデラとは違い、専属のシェフがどうのこうのとは言わない。それどころか、感心した様子で「すごいですねえ」と純粋な瞳で賛辞された。

同じ貴族でも全然違うのだなあ、と一応自身も貴族であるカレンは思った。

カレンがソファーに座ったのを確認してから、ケークサレを一口、口に運んだシリルは、「おいしい！　こんなにおいしいケークサレは初めてだ！」

と、笑顔を弾けさせた。

「料理がお上手なのですね」

「いえ、食材がおいしいだけですよ」

「食材……というと、どちらで買われたのですか？」

「これは、私の菜園の野菜で作ったものです」

「ああ、立派な菜園でしたからねえ」

菜園のことを褒められると、素直に嬉しい。やはり、アデラとは違った感性を持つ人のようだ。

「ご自宅からここまで、どのくらいかかりました？」

「どうだったかな……オーガスト、覚えているか？」

「はい。馬車で五日ほどでございます」

そんなに遠くから、わざわざカレンの菜園を見に来たのか。王都もよく訪れていたようだし、やっぱりお金があるのだなあ、と思わざるを得ない。

シリルもオーガストも、あっという間にケークサレを食べ終えてしまった。アイスティーを飲みながら、雑談に興じていると日が傾いてきて、シリルは当初の目的を思い出したようで「あ」と声を上げた。

「カレンさん。そろそろ、菜園の方を見せてもらってもいいでしょうか？」

「いいですよ。じゃあ、外に出ましょうか」

三人で家の外に出て、菜園に案内すると、シリルは目をきらきらと輝かせて、菜園の野菜を一つ一つじっくりと見て回った。

「やはり、立派ですねえ」

「よかったら、食べてみます？」

「え、いいのですか？」

「ええ、お好きなものをどうぞ」

「ありがとうございます」

すると、シリルはきゅうりを手に取り、あろうことかそのまま食べてしまった。貴族らしからぬ所作にカレンは少々驚いてしまったが、別に不快なことでもないので何も言わなかった。

代わりに、オーガストが「坊ちゃん」と窘《たしな》めるように名を呼んだ。

しかし、シリルはそれどころではないのか、興奮気味にカレンの方を向いた。

「カレンさん！　本当にこちらのものは、カレンさんが育てたのですか⁉」

「はい。そうですけど？」

「これは、家庭菜園なんてレベルじゃないですよ！　こんなに瑞々しくておいしいきゅうり、初めて食べました！」

ほら、オーガスト、お前も食べてみろ、とシリルは、きゅうりをオーガストに差し出す。オーガストはどうすべきか迷うそぶりを見せたが、「では、はしたないですが、失礼します」とカレンに断りを入れてから、きゅうりをかじった。そして、目を大きく見開く。

「これは……！　坊ちゃんの言う通り、絶品ですなあ」

「そうだろう。カレンさん、ここにはどんな肥料を⁉　育てるコツとかあるのですか⁉」

「え、えーっと……コツはこまめに手入れすること、ですかね？」

とりあえず、それらしいことを言っておく。

最近、このことを訊かれることが多いなあ、とカレンは内心苦笑した。下手に誰彼構わず食べさせるのも考えものかもしれない。

シリルは、二口目を食べた後、真剣な顔をして言った。

「すごい……！　これなら、王都の野菜コンテストで優勝できるかもしれませんよ？」

「え、野菜コンテスト？」

「はい。年に四回、季節の野菜を出品して、どれが一番おいしいのか決めるコンテストが、王都で開催されるのですよ。決勝に進むと、国王陛下直々に食べてもらうことができて、優勝すると一千万ギルがもらえます」

「一千万ギル!?」

　それはすごい。そんなにお金があったら、このボロ屋敷の修繕ができるし、古くなった家具なども買い替えられる。

　瞬時にそんな計算をしてしまう自分がちょっぴり悲しいが、とにかく一千万ギルというのはそれだけ大金ということだ。

「そのコンテスト、夏の開催時期はいつなんですか？」

「三週間後ですね。僕の家も参加するのですよ」

「まあ、そうなんですか」

「カレンさんも参加されたらどうです？」

「え」

　思わぬ言葉にカレンは目を瞬かせた。参加……してもいいのだろうか。なんとなく、ズルをしているようでならない。しかし、賞金の一千万ギルは魅力的だ。

「あはは……考えておきます」

「是非、前向きにご検討下さい。あ、ところでカレンさん」

「はい、なんでしょう？」

「明日の午後は、何かご予定がおありですか？」

「いえ、特にありませんけど」

午前中は家事で忙しいが、午後は特にやることがない。

シリルは、「よかった」と柔らかく微笑んだ。

「でしたら、この街を案内していただけませんか？　せっかくこの街を訪れたので、観光していきたいなと思いまして」

「ああ、そういうことでしたら構いませんよ」

確かに遠路はるばるやって来たのだ。一日の滞在で終わってはもったいない。

「ありがとうございます。では明日の午後、またこちらにお伺いしますね」

「分かりました。お待ちしてます」

自然と帰る流れになり、カレンは彼らを見送った。シリルを乗せた馬車は去っていき、夕日に向かって消えていった。

「こちらの建物が図書館、あっちに見えるのが郵便局です」

「へえ、綺麗な建物ですね」

翌日の午後。

カレンは家を訪れたシリルとともに街に繰り出していた。オーガストはいない。年なので歩き回るのは疲れるため、若い方二人で楽しんできて下さい、ということで宿屋にいるらしい。

「すごい都会ですねえ。僕が住んでる街とは大違いだ」

「そんな、王都に比べたら田舎ですよ」

「これだけ発展していたら十分じゃないですか。僕の地元なんて畑だらけで、娯楽施設なんてほとんどないのですよ？」

そうなのか。それは意外だ。

「エーメリー地方は、色んな農作物を産出することで有名な地方ですもんね。きっと、広大な畑が広がっているんだろうなあ。なんだか、ワクワクしちゃいます」

「はは、作物を育てている者の性《さが》ですね」

「シリルさんの家でも、野菜を育てているのでしたっけ？」

「はい。ちょっとした畑がありまして、様々な野菜を育てていますよ」

エーメリー伯爵令息が言うことだ。ちょっとした、と言っても、そこそこ広い畑だろう。そんな畑がオールディス家にもあったらいいのになあ、とカレンは思う。そうしたら、家庭菜園ではスペースに限りがあって育てられない農作物も、たくさん育てられるのに。

「あ。あれがこの街の時計塔です。正午には鐘が鳴るんですよ」

「ああ、宿屋で鐘の音を聞きました。へえ、近くで見ると高いなあ。あんな高さから落ちたら、命はないでしょうね」

「そうですね。でもちゃんと柵があるので大丈夫ですよ。子供の頃、上《のぼ》ったことがありますけど、見晴らしがよかったです」

上っていかれます？　と訊ねると、シリルは僅《わず》かに顔を青ざめさせた。

「い、いえ、いいですっ」

「？」

「あ、えーっと……僕、高い所が苦手でして」

「まあ、そうだったんですか」

目を丸くするカレンに、「お恥ずかしい限りです」とシリルは苦笑した。

「男らしくないですよね……」

「そんなことありません。誰にでも苦手なものはありますよ」

「カレンさんも苦手なものがおありで？」

「私は犬が苦手ですね。子供の頃、手を噛まれて」

「はは、可愛らしいですね」

ちなみにクライドは、鳥が苦手だ。理由は糞をまき散らかすかららしい。子供の頃、頭に降ってきたことがあるそうで、それ以来苦手だという。なんとも笑えるエピソードだ。当の本人は笑い事じゃない、と怒りそうだけれど。

そんな他愛のない雑談をしながら街を見て回ること、二時間。

「カレンさん、お腹が空きませんか？」

シリルはそう訊いてきた。

「えーっと、ちょっとしたものなら食べられますけど。シリルさん、お腹が空いたんですか？」

「いえ、そういうわけではないのですが、今日この街を案内してくれたお礼をしたいと思いまして」

「そんな、いいですよ。私も王都で道案内してもらいましたし、気にしないで下さい」

「まあ、そう言わず。ずっと歩きっぱなしで疲れたでしょう。あそこの喫茶店で一休みしましょうよ」

にこりと笑って言われ、カレンはそれもいいかもしれないと思い、了承した。

店に入ってアイスティーを注文し、外のテラス席に座る。外といっても、パラソルがあるので直射日光はあまり当たらない。

「昨日、今日と、ありがとうございました。とても楽しかったです」

「いえ、こちらこそ。アイスティーをごちそうになってしまって」

自分で支払うと断ったのだが、シリルは奢《おご》ると言って譲《ゆず》らなかったのだ。注文であまりもたついていては他の客に迷惑になるので、結局カレンが折れる形になった。

「お待たせしました。アイスティーになります」

「ありがとうございます」

注文したアイスティーを店員から受け取ったカレンは、一口飲んだ。知らず知らずのうちに歩き疲れていたのか、渇いていた喉が潤う。

そうしてアイスティーを飲みながら、シリルとの雑談に興じていると、「カレン」と誰かから名前を呼ばれた。聞き慣れた声にはっとして右方に顔を向けると、そこにいたのは制服姿のクライドだった。

「よお、優雅にティータイムか？」

「お義兄様。見回り中？」

「ああ」

「え、お兄さん？」

シリルはきょとんとして、左方を見た。すると、ちょうどテラス席の前を行き交っていた人々がいなくなり、クライドもシリルに気付いて「おっと、悪い」とバツの悪そうな顔をした。

「デート中だったか。邪魔して悪いな」

「ちょっと、そんなんじゃないわよ。シリルさんに失礼でしょ」

「いえいえ、そんな。カレンさんのお兄さん、初めまして。シリル・エーメリーと申します」

席から立ち上がって、笑顔で挨拶をするシリルに、クライドも笑みを浮かべた。

「カレンの義兄のクライドです。わざわざ、エーメリー地方からいらっしゃったんですか。長旅お疲れ様です。義妹がお世話になっているようで」

「こちらこそ、今日はこの街の案内をしていただいて、カレンさんにはお世話になりました」

握手を交わす二人の雰囲気は、和やかなものだ。クライドの様子に嫉妬のしの字もない。やはり、異性として意識されていないのだな、とカレンは内心落ち込んだ。

「では、俺は仕事がありますので、これで。どうぞこの街にゆっくり滞在していって下さい」

「ありがとうございます」

クライドは「じゃあな、カレン」と声をかけて、立ち去っていった。クライドがいなくなってから、シリルは再び席に腰かける。

「優しそうなお兄さんでしたね」

「ええ」

「警吏官としてお勤めになっているのですか？」

「そうです。もう四年くらいになりますね、勤め始めて」

「立派ですねえ」

その言葉に、カレンは改めていい人だと感じた。クライドの頑張りを認めてもらえたようで嬉しい。

（アデラさんとは、本当に違うなあ）

同じ貴族でも、こうも違うのか。教育のせいなのか、あるいは本人の気質なのか、謎だ。

と、カレンもシリルもアイスティーを全部飲み干し、自然と店を出る流れになった。

「行きましょうか。確か、食器は店の中の返却口に返すのでしたよね」

「そう言われましたね。じゃあ持っていきましょう」

「あ、カレンさんの分も僕が持ちますよ」

「いえいえ、大丈夫です」

そんなやりとりをしながら、店の中に入り、アイスティーが入っていたグラスを返却口に戻す。

「では行きましょうか」

「はい」

店の出入口に向かおうとした、その時だった。「きゃあああ」と女性客の悲鳴が上がったかと思うと、店内にいた客が一斉にカレン達のいる店の奥に押し寄せてきて、カレンもシリルも目を丸くした。

「え、何？」

「――騒ぐなっ！」

「!?」

男性の野太い声が店内に響き、しんと静まり返る。その後、「全員、床に座れ！」と命令する声が聞こえて、前列から波のように客が次々と座っていった。カレンとシリルも流されるまま、床に座ると、ようやく事態が飲み込めた。

というのも、ナイフを持った覆面の男が二人、店の出入口に立っていたからである。

(もしかして、立てこもり⁉)

そう考えるカレンの肩を、後ろからぽんぽんと叩く人物がいる。こんな時になんだと後ろを振り返ったカレンは、予想外の人物に思わず大声を上げそうになった。

それを察したのか、相手は人差し指を唇に当てる。意図を理解したカレンは、ひそひそと声をかけた。

「お義兄様。どうしてここに？」

「お前に言い忘れたことがあって、道を引き返してきたんだよ。それでお前を見つけて、声をかけようと思ったら、この状況だ」

「なんとか捕まえられないの？」

「一人なら相手にできるが、二人となるとダメだ。一人を相手にしている間に、民間人に被害が出る可能性がある」

相手が一人ならば、クライドが対処できる。ならば、もう一人をなんとかできれば、この状況を打開できるということだ。

(何かいい方法、ないかな?)

倒せなくてもいい。身動きを取れなくするだけでも、クライドの助けになるはずだ。

(セシリアさんがひったくり犯を捕まえた時みたいに、私にもできること……)

今、カレンができることといったら、作物を育てる、木を生やすことくらいだ。セシリアのような小技は使えない。

(……ん? 木を生やす……?)

そこでカレンははっとした。──これなら。

カレンは床に手をつき、あることを念じた。

すると、人のいない床から木が斜めに飛び出し、覆面の男を壁に押さえつける──はずが、勢い余って壁を突き破り、店の外に吹き飛ばしてしまった。

(あらら……やりすぎた?)

力の加減というのは難しい。

人質全員、ひいてはもう一人の覆面の男もぽかんとしている中で、クライドだけが冷静だった。人混みの中から飛び出し、覆面の男を締め上げ、手錠で逮捕した。鮮やかなお手並みだった。

人々は、突然、木が生えてきたことに疑問を抱きながらも、クライドの逮捕劇を賞賛し、拍手喝采で事件は呆気なく終わりを迎えたのだった。

「いやあ、ビックリしましたよねえ。なんだったのでしょう、あの木は」

「さ、さあ……？」

立てこもり事件――宝石店で強盗を働いた二人組が、警吏官に追われて起こったらしい――の帰り道、カレンとシリルは彼が泊まっている宿屋に向かって歩いていた。

あの後、待機していた警吏官達が店内に突撃してきて、外に吹き飛ばされた犯人も無事捕まり、すべてが丸く収まった。……わけでもないかもしれない。店内に木は残り、壁にも穴が空いたままだ。まさか、私がやったのです、と名乗るわけにもいかず、弁償もできないのが申し訳ない。

ちなみに、クライドが言い忘れていたこととは、「今日飲み会があるから、メシはいらない」だそうだ。

「それにしても、クライドさん、カッコよかったですね。さすが警吏官です」

「そうですね。あんなに強いとは知りませんでした」

「はは、兄妹でも知らないことってありますよね」

「シリルさんにもご兄弟がいるんですか？」

「弟と妹がいますよ。カレンさんのご兄妹は、お兄さんだけですか？」

「はい」

そんなことを話していたら、宿屋に着いた。

「じゃあ、私はこれで……」

「待って下さい、カレンさん。お話があるのです」

シリルはどこか緊張した眼差しでそう呼び止めた。話ってなんだろう、とシリルが切り出すのを待っていると、彼は数分置いて意を決したように言った。

「あの、僕と結婚を前提にお付き合いしていただけませんか？」

「え？」

カレンは一瞬、聞き間違えたのかと思った。

「お付き合いって……私とですか？」

「はい」

シリルの目は真剣だ。からかいの類ではない。

「どうして私なんですか？　シリルさんなら他にもっといい人がいるでしょう？」

「カレンさんの逞しさに惚れました」

「た、逞しさ？」

「はい。さっきの事件、あんな怖い目に遭《あ》っていたにもかかわらず、冷静でしっかりとされていましたよね？　ご令嬢なら怖くて泣いてもおかしくないのに」

どうにかすることで頭がいっぱいだったからなあ、とカレンは事件を振り返る。それにクライドもいた。カレンにとって、クライドの存在は心強いものだ。

「返事は今すぐにではなくても結構です。前向きに考えてはくれませんか？」

告白されるなんて、人生で初めてのことだ。少なからず嬉しい。

けれど、答えは決まっている。

カレンはゆっくりと頭を下げた。

「ごめんなさい」

「え……」

「私、好きな人がいるんです。シリルさんの想いには応えられません」

「……お相手がどんな方なのか、お訊きしてもいいですか？」

意外に思って顔を上げると、シリルは穏やかな表情をしていた。

「明るくて温かい、太陽みたいな人です」

「その人はカレンさんのことを大切にしてくれますか？」

「はい」

微笑みながら迷いなく言い切ると、シリルは「参ったなあ」と苦笑した。

「それじゃあ、僕の入る隙がない。一世一代の告白だったのだけどなあ」

「本当にごめんなさい。お気持ちは嬉しいんですけど」

「謝らないで下さい。カレンさんの素直な気持ちが聞けて嬉しいですから」

「シリルさん……」

シリルはにこりと笑って、手を差し出してきた。カレンがおずおずと手を差し出すと、ぎゅっと強く握り締められた。

「カレンさんのお気持ちが成就《じょうじゅ》することを願っています。どうか、お元気で」

「……ありがとうございます。シリルさんにもいい人が見つかるといいですね」

心からそう思う。

握手を交わし、「じゃあ失礼します」と言ってカレンはその場を後にした。

第12章　再び、王都に行く

それから一週間後。

郵便受けを覗き込んだカレンは、手紙が三通届いていることを確認した。

（一通はお義兄様宛ね。あとはセシリアさんと……あ、シリルさんからだ）

家の中に戻ったカレンは、広間のソファーでくつろいでいるクライドに手紙を渡した。今日、クライドは非番なのである。

「お義兄様、手紙が届いてるよ」

「おお、ありがとな」

手紙を受け取ったクライドは、しかしその場では開封せず、テーブルの上に置いた。今は子竜に構うのに夢中のようだ。子竜はクライドに全身をくすぐられ、きゃっきゃっと喜んでいる。

その様子を微笑ましく見ながら、カレンもソファーに腰かける。

（えっと、セシリアさんからの手紙は……）

開封すると、訪問時のもてなしに対するお礼とお土産のアップルパイが宮女に好評だったことが書かれていた。カレンの育てる野菜がおいしかったなどとは書かれていない。検閲の可能性を気にして、書かないでいてくれたのだろう。

（セシリアさんには、お義兄様との問題が解決したことを報告しないとね。あとで手紙を書こう。それからシリルさんからは……）

きっと、シリルからの手紙にも訪問時のお礼が書かれているのだろう。フってしまったというのに律儀な人だ。

そう思いつつ、手紙を開封すると。

『カレンさんへ

お元気にしていますか？

先日は突然の訪問におもてなしして下さり、ありがとうございました。菜園も立派でしたし、お野菜もとてもおいしかったです。

街の観光も楽しかったです。途中、お互い災難に遭いましたが、無事でよかったですよね（笑）。

ところで、先日お話しした野菜コンテストには、参加するのでしょうか？　もし、するのでしたら、前日にローテルロー橋で待ち合わせして、一緒に王都に行きませんか？

お忙しいとは思いますが、返事をお待ちしています。

シリル』

そういえば、野菜コンテストがあるって話をしていたなあ、とカレンは手紙をたたむ。その時は三週間後という話だったし、どうするか、まだ決めていなかった。

「ねえ、お義兄様」

「ん？」

「あのね、王都で野菜コンテストっていうものがあるらしいんだけど、私が参加するのってどう思う？」

ズルするようで気が引けるというのもあるが、そもそも家庭菜園レベルでそんなに大きなイベントに参加してもいいものか、分からない。

悩むカレンに対し、クライドの返答はあっさりしたものだった。

「別にいいんじゃないか？　参加したいならすれば」

「でも、こういうのって農家さんが参加するものなんじゃないの？」

「家庭菜園だって立派な農業の形だろ。だいたい、言わなきゃ分からないじゃないか」

「まあ、それはそうだけど……」

参加するか、否か。

うーん、と考え込むカレンの頭にあるのは、賞金のことである。もし、優勝できたら莫大なお金が手に入る。貧乏なオールディス家にとっては、大変ありがたい収入だ。

（せっかくだし、参加しちゃおうかな？　優勝できるとも限らないんだし）

国中から農家が集まるのだ。カレンよりおいしい野菜を作っている農家だって、たくさんあるかもしれない。気楽な気持ちで臨《のぞ》むのが精神衛生上いいだろう。

「お義兄様、じゃあ参加するね」

「コンテストは、いつやるんだ？」

「えーっと、二週間後かな」

「そうか。気を付けて行ってこいよ」

「うん。じゃあ私、部屋でちょっと手紙書いてくるから」

カレンはソファーを立ち上がり、自室に向かった。自室の文机に座り、ペンを手に取る。

まずはセシリア宛の手紙だ。セシリア宛の手紙には、カレンもセシリアに会えて楽しかったこと、お土産を喜んでもらえてよかったこと、恋愛相談にのってもらったことに対するお礼、そしてそのクライドとの問題が解決したこと——などを書いたら、あっという間に便箋が埋まってしまって、カレンはくすりと笑った。

（文通するのって楽しいものなのね）

手紙を開封する時のワクワク、手紙を書く時のウキウキ。どちらもとても楽しい。

また遊びに来て下さいね、と結んで、セシリア宛の手紙は書き終えて、次はシリル宛の手紙に取りかかった。

（告白を断ったことは、もう触れない方がいいよね……）

シリル宛の手紙には、当たり障りのない挨拶から始め、あとは野菜コンテストに参加することと、待ち合わせに関しては了承することを書き綴《つづ》り、封筒に収めた。

あとは郵便局に出してくるだけだ。

(出すなら早めの方がいいよね。よし、出してこよう)

カレンは席を立ち、広間にいるクライドに「郵便局に行ってくる」と声をかけてから、家を出た。


それから数日後にシリルから手紙が届き、野菜コンテストの前日に、ローテルロー橋の前で待ち合わせすることを約束した。ローテルロー橋というのは、先日の王宮舞踏会で王都に行き帰りした時に通った、大きな橋である。

シリルはカレンが野菜コンテストの会場に辿り着けるか心配で、そんなことを言い出したらしい。本当にいい人だとカレンはしみじみ思った。

そして王都に出発する日——。

「今日か、王都に行くのは。荷馬車で行くんだったか」

「うん。木箱いっぱいの量が必要だから」

朝、カレンとクライドはそんなやりとりをしながら、朝食を食べていた。子竜にも専用のサラダを作って、テーブルの上で食べさせている。

「気を付けて行ってこいよ。王都ともなりゃスリが多い」

「分かってるよ。アデラさんに付き合わされて、何度も王都に行ってるもの」

「まあ、そうだけど、一人でってなると心配でなあ……お、そうだ。チャドも連れて行ったらどうだ？　護衛になるかもしれないぞ」

「絶対、目立つからダメ」

それに精霊なんて連れ歩いたら、珍しがられて子竜が拉致されてしまうかもしれない。そうなったら大変だ。

「きゅう？」

話の中心が自分だと察したのか、子竜は朝食を食べるのを止めて顔を上げた。そしてぱたぱたと飛んでいき、急に光が子竜を包み込んだかと思うと、そこには男児が立っていた。

紺色の短髪に大きな青い瞳。白いシャツに黒い半ズボンを穿いていて、どことなく人懐っこい表情を浮かべている。

「ボクもおうとに行くー！」

「え、も、もしかしてチャド……？」

「お前、人間の姿になれたのか!?」

「うん。つかれるからやらなかっただけ」

カレンもクライドも驚きを隠せなかった。だが、よくよく考えたらカルガアが人間の姿になれるのだ。同じ精霊である子竜が人間の姿になれても、別段おかしくはない。

「このすがたなら、いっしょに行ってもいいでしょ？」

「確かにいいけど……」

もし、街中ではぐれたら迷子にならないだろうか。それだけが心配だ。

戸惑うカレンに対し、クライドは感心した様子で。

「へえ、精霊ってのは不思議な存在だな。外見を変えることができるなんて」

「えへへ。すごいでしょ？」

「ああ、すごい。ところで、その調子で大人の男にはなれないのか？」

「うーん、むり。力がたりない」

「そうか……大人の男なら、カレンに言い寄る悪い虫を追っ払うことができるかと思ったんだが」

「もう、お義兄様。過保護なんだから」

そもそも、悪い虫なんて寄ってくるはずがない。アデラのように取り立てて美人というわけでもないし、それに今回はシリルも一緒に行動する。クライドが心配するようなことは、まず起きないだろう。

クライドはぽん、と子竜の頭を軽く叩いた。

「まあ、仕方ない。カレンを頼んだぞ、チャド」

「うん、まかせて」

子竜が喋れるようになったので、みんな朝食を再開しながら、子竜の話を聞いた。子竜は遥か遠い竜の谷からやって来たのだという。父親である黒竜王に自立するように言われ、旅に出たその旅の途中でオールディス家からおいしい野菜の匂いがして、忍び込んだらしい。

……おそらく、本当は精霊姫の力を察知してやって来たのだろうが、カレンがクライドに精霊姫であることを隠していると子竜は承知しているから、そう説明したのだろう。

クライドは子竜の父親が黒竜王と聞いて、驚いていた。

「お前……お坊ちゃんだったのか」

「まあね」

子竜を完全にペット扱いしていただけに、クライドの衝撃は相当なものだったようだ。しばらく放心していた。

代わりにカレンが話を続ける。

「兄弟はいないの？」

「いないよ。一人っ子。竜はなかなかこどもができないんだって」

「そうなんだ。じゃあ、本当の名前ってあるの？」

「ファヴニルが両親に付けられたなまえ。でもここではチャドでいいよ」

「え、でも……」

「いいの。きにいってるから」

「そう？」

本人がそう言うのなら、チャドのままでいいだろう。こちらとしても、もうチャドで慣れ親しんでいるため、いきなり呼び名を変えるのも慣れないので助かる。

そうして朝食を終え、食器を片付けたカレンは、部屋に向かおうとした。と、そんなカレンにクライドが広間から声をかける。

「部屋の窓なら閉めなくていいぞー。俺が夜になったら閉めるから」

クライドは、今日は非番だ。少しでも風通しをよくしていた方がいいだろうから、素直に了承することにした。

「分かったー。じゃあよろしくね」

そう返し、自室に着いたカレンは、昨日荷造りしておいた荷物を持った。そして、開けている窓をそのままに部屋を出る。その時、カレンは文机の上を確認しなかった。

文机の上に置いたままだった日記帳が、ぱらぱらと風でめくられる。そのことにカレンが気付くことはなかった。

そのまま廊下を進み、広間に顔を出す。

「お義兄様、荷馬車来た？」

「まだだな。呼び鈴は鳴ってない」

カレンは、荷馬車を借りるとともに御者も雇った。ちなみに代金は、ケアリーの家にりんごを卸して貯まったお金を使った。クライドにはへそくりだと誤魔化したけれど。

　野菜コンテストに出品する野菜も、朝一番に精霊姫の力を使って収穫し、木箱に詰めてある。選んだ野菜はトマトだ。子竜が現れた時に食べていたものなので、なんとなく縁起がいいと思って選んだ。

　カレンは荷物を持って、ソファーに座った。向かい側のソファーに座っているクライドは、膝に子竜を乗せている。子竜をあやしながら、クライドはカレンを見た。

「優勝できるといいな」

「うん」

　野菜コンテストは、予選から始まり、投票によって最終選考者が十人に絞られるという。最終選考者の中から優勝者を決めるのが国王陛下だ、とシリルが手紙で説明してくれた。

　一体どれだけの人が集まるのだろう。

　緊張しているのが顔に出ていたのだろうか。クライドは優しく笑った。

「まあ、気楽に行け。優勝できなくても、何も困らないんだから」

　その通りだ。クライドにそう言われたら、自然と肩の力が抜けて、カレンも笑い返した。

「ありがとう、お義兄様」

「お、素直だな」

「もう、茶化さないで」

「ははっ、悪い悪い」

そんなやりとりをしていたら、呼び鈴が鳴った。

「あ、荷馬車が来たんだ。行くよ、チャド」

「はーい」

「俺も外まで見送る。それに荷物を積み込まなきゃならないだろ？」

三人で玄関に向かうと、予想通り呼び鈴を鳴らしたのは、カレンが雇った御者だった。

「おはようございます。王都までよろしくお願いします」

「おはようございます。こちらこそ、よろしくお願いします」

軽い挨拶を交わし、家の前に停めてある荷馬車へと向かう。トマトが詰め込まれた木箱は、クライドが荷台に積み、カレンと子竜も荷台に乗った。

クライドは「じゃあな」とカレンと子竜に声をかけてから、御者台に座った御者に「では、義妹達をよろしくお願いします」と改めて挨拶をした。

「かしこまりました。では、出発します」

その言葉にクライドは、荷馬車から距離を取る。馬のいななきとともに荷馬車がゆっくりと動き出し、やがてカレンと子竜の目にクライドの姿が見えた。

「クライド、いってきまーす！」

元気いっぱいに挨拶する子竜に、クライドは手を振って応え、その姿は徐々に小さくなっていった。

「ほら、チャド。こっちに来なさい。危ないよ」

身を乗り出して、クライドに向かって手をぶんぶんと振っていた子竜を、カレンは奥に手招いた。クライドの姿が見えなくなったからか、子竜は素直に奥にやって来る。

カレンの隣に座った子竜は、目を爛々《らんらん》と輝かせて車内を見回した。

「これがばしゃかあ。のりごこちがおもしろいね」

空を自由に飛んでいた子竜からしたら、地を走る馬車というのは奇妙な感覚なのだろう。無邪気に楽しそうにしている子竜に、カレンは頬を緩ませながら「そうだね」と相槌を打った。

「おうとまでどのくらい？」

「三日くらいだよ。でも、その前にローテルロー橋という所で、シリルさんと待ち合わせしてるから」

「シリルって、このあいだ、うちにあそびにきた男？」

「そう。可愛がってくれたでしょ、チャドのこと」

いい人だと言いたかったのだが、子竜は顔を歪ませた。

「でも、あいつきらい」

「なんか、いやなかんじがする」

「え？」

「そ、そう？」

なんでそんなことを思うのだろう。いい人でも、精霊に好かれない人間もいるのだろうか。不思議に思いつつも、子竜には子竜の考えがあると思うので、諫《いさ》めたりはせず、「でも仲良くしてね」と言うだけにとどめた。

そして、ガタゴトと揺れる荷馬車に乗ること、三日。

「お客様、ローテルロー橋に着きましたよ」

荷馬車が止まった。子竜とともに荷台から降りたカレンは、周囲を見渡したが、他に荷馬車はない。シリルはまだ到着していないようだ。

カレンは御者に声をかけた。

「あの、すみません。待ち合わせの相手がまだ来ていないようなので、ここで待っててもらっていいですか？」

「ええ、構いませんよ」

「ありがとうございます。チャド、暑いから荷台に戻ろう」

「うん」

荷台に戻り、シリルを待つが、なかなかやって来る気配がない。どうしたのだろう、とカレンは内心首を傾げた。

(何かトラブルがあったのかな？　無事だといいけど……)

そうして待っていたら、空の真上にあった太陽が傾き始めた。結局、シリルが到着したのは日が沈む頃で、申し訳なさそうな顔をしてカレンに謝罪した。

「すみません、カレンさん。途中、車輪が外れてしまって」

「そんなことがあったんですか。ともかく、シリルさんが無事でよかったです。何かあったんじゃないかって心配してたんですよ」

野菜コンテストに出品する野菜も無事のようだし、何はともあれよかった。安堵した表情を見せるカレンに、シリルはますます申し訳なさそうな顔になる。

「僕は大丈夫です。でも、今日王都に着くのは難しくなりましたね」

「明日の早朝に出発すればいいじゃないですか。コンテストは午後からなんでしょう？」

「そうですね。では今日はここに泊まっていきましょうか。本当にすみません」

「気にしないで下さい」

そう話がまとまったところで、シリルは子竜を見た。

「ところでカレンさん、そちらのお子さんは？」

「あ、えーっと、知り合いの子供なんです。野菜コンテストがどんなものか、見てみたいって言うので連れてきちゃいました。……もしかして、ご迷惑でしたか？」

「いえ、大丈夫ですよ。ただ、どなたなのかと思って」

シリルは腰を屈め、子竜に視線を合わせた。

「僕はシリル。お名前、なんて言うのかな？」

「……チャド」

「チャド君か。よろしく」

シリルは柔らかな表情を浮かべて、子竜の頭を優しく撫でた。けれど、子竜は嫌そうな顔をしてカレンの後ろに隠れてしまう。

それにはシリルは苦笑いだ。

「あれ、嫌われたかな？」

「そんなことありません。ただ、ちょっと人見知りなところがあって」

「そうなのですか。まだ小さいですしね」

別段機嫌を悪くした風もなく、シリルは立ち上がった。

「カレンさんは、トマトを出品するんでしたよね」

「はい。シリルさんは？」

「僕もトマトです。自信作なんですよ。いやあ、どこまでいけるか、どきどきですね」

「そうですね。お互い頑張りましょう」

話もそこそこに、カレンとシリルは一緒に野営の準備に取りかかることにした。近くの森から木の枝を拾ってきて、まず焚き火を作る。水はカレンが雇った御者が川で汲んできて、食事はカレンが念のために持ってきた缶詰を食べることになった。

「大したものじゃなくてすみません」

「いえいえ、食べる物があるだけで助かりますよ。ありがとうございます」

暗闇の中、パチパチと焚き火の火が爆《は》ぜている。夏なので幸い野営も寒くない。

「そういえば、今日はオーガストさんは一緒じゃないんですね」

「たまには僕も自分で馬車を操ってみたくて。だから車輪が外れた時はもう大慌てでしたよ」

やっぱりオーガストを連れてくればよかった、と苦笑いするシリルに、カレンは「まあ、なんとかなったんですから、よかったじゃないですか」と宥めた。

カレンとシリルが会話する中、子竜は黙々と缶詰を食べている。缶詰に夢中というよりは、シリルと会話したくないようだ。

(本当にどうしてシリルさんが嫌いなんだろう……？)

不思議でならない。こんなにいい人なのに。

食事を終えた後は、雑談もそこそこにして焚き火を消した。それだけで一気に周囲が暗くなる。

「では明日に備えて寝ましょうか」

「はい。おやすみなさい」

カレンは子竜の手を引いて荷台に戻り、「じゃあ寝よう」と声をかけて、一緒に横になった。床は木の板なので硬くて少々痛いが、今日は我慢するしかない。それに、御者台で眠る御者の方がもっと体がつらいはずだろう。

「おやすみ、チャド」

「おやすみー、カレン」

旅の疲れからか、目を閉じると眠気はすぐにやってきた。すとん、と眠りに落ち、カレンは寝息を立てる。それに続くように子竜も眠りについた。

目が覚めるのは、早朝のはずだった。しかし、実際は夜中、馬のいななきが聞こえた気がしてカレンは目を覚ました。

(あれ、今、馬の声がしたような……)

こんな夜中に馬車が通ったのだろうか。まさか、シリルは明日一緒に出発する約束だし——と思いながら、カレンは体を起こして様子を見ようと荷台から降りようとした。その時、気付く。

(持ってきた野菜がない!)

トマトを詰め込んだ木箱がないのだ、どこにも。

慌てて外に出ると、隣に駐めていたはずのシリルの荷馬車がなくなっていた。

(まさか……盗まれ、た?)

呆然と立ち尽くすカレンの隣に、物音で起きたのか、子竜がやって来た。

「カレン、どうしたの？」

「……野菜、シリルさんに盗まれちゃったかも」

「え!?」

そういえば、シリルは言っていたではないか。カレンの菜園のきゅうりを食べた時に、これなら優勝できるかもしれないと。それなのに、カレンを野菜コンテストに誘った。自分のライバルになるかもしれないのに、だ。

もしかして、最初からこうするつもりだったのだろうか。今日遅れてやって来たのも、演技だったのかもしれない。

野菜コンテストに参加できなくなることよりも、信じていたシリルに裏切られたことがショックだった。いい人だと思っていたのに――。

「あ！　カレン、きばこがあるよ」

「え？」

カレンは子竜の声の方に行き、確認すると、それはトマトが詰め込まれた木箱だった。もしかして、盗まれなどしていなかったのかも――と一縷《いちる》の望みを抱いたが、一つ食べてみるとカレンのトマトではなかった。やはり、シリルがカレンの野菜を盗んでいったのだ。

（そんな……）

ショックを隠せないでいるカレンのワンピースの裾を、子竜は引っ張った。

「ねえ、これをつかったら？」

「これを……使うって？」

「せいれいきの力でおいしくするんだよ。それであいつのおもわくをぶっこわしてやろうよ」

シリルの思惑。それはきっと野菜コンテストで優勝することだろう。

それをぶち壊す。――カレンならできる。

「……チャド、ありがとう」

子竜がいてよかった。一人で来ていたら、立ち直れず、すごすごと実家に帰っていただろう。

強い決意を宿した顔で、カレンは前を向いた。

第13章　通じ合う想い

「わあ、人がいっぱいだね」

「そうね。国中から集まっているんだもの」

翌日。早朝にローテルロー橋を出発したカレンと子竜は、王都の野菜コンテストの会場に到着していた。そこでは、カレンと同じく野菜が詰め込まれた木箱を持った人々がたくさん受付に並んでいる。

シリルの姿は見当たらない。もう来ていてもおかしくないはずだが——まさか、カレンに奪還されることを恐れて、ぎりぎりに参加するつもりだろうか。

（まずは予選を勝ち抜かなくちゃ）

カレンは受付で渡された七十八番と書かれた番号札を強く握り締める。そして、同じ番号札が張られた木箱を次の受付に差し出して、ようやくエントリーが決まった。

「ねえ、コンテストってごごからなんだよね？」

「そうだよ。それがどうかした？」

「おなかすいた。なにか食べてこようよ」

「……そうねえ、まだ時間があるし、昼食を食べよっか」

人混みではぐれないように、しっかり子竜と手を繋いで、カレンは会場を出た。そして飲食店が並ぶ大通りへと向かう。

「何が食べたい？」

「そうだなあ、前にカレンがつくってくれたやつがいいな。えーっと、なんだっけ？　パスタ？」

「ああ、菜園の野菜を絡めて作ったあのパスタね。でも同じ料理はないと思うけど……」

「いいよ。ちがうパスタも食べてみたいし」

「分かった。じゃあ、パスタのお店に入ろうね」

なんだか、年の離れた弟ができたみたいで可愛い。竜の状態の子竜もペットのようで可愛かったが、人間の状態の子竜も、一緒にいると和む。

そんなわけで、カレンと子竜はパスタの店に入り、昼食を食べた。ちなみにカレンはキノコのパスタ、子竜はナポリタンを注文した。

再び野菜コンテストの会場に向かっていると、子竜は楽しそうに笑った。

「えへへ、いっしょにそとに出かけられるっていいなあ」

「あー……ごめんね。竜の状態の時は、一度も一緒に出かけたことなかったもんね」

「いいよ。だって、せいれいきだってバレないようにするためでしょ？」

その通りだ。精霊教会の人に見られたらマズいと思い、ずっと家の中で留守番させていた。

たまに庭に放したりはしていたが、基本家の中である。

「チャドは賢いね。何年くらい生きてるの？」

「うーん、十ねんくらいかなあ」

「え、十年でもう独り立ち？」

早過ぎる。人間だったら、十歳なんてまだまだ子供だ。寂しくなったりしないのだろうか。

「ご両親の下に帰りたくなったりしない？」

「カレンとクライドがいるから、だいじょうぶ」

にこっと笑う子竜に、カレンはキュンとときめいた。ここが家の中だったら、抱き締めていたところだ。

これからもっと可愛がることにしよう——と心に決め、カレンは子竜とともに野菜コンテストの会場に戻った。

そろそろ野菜コンテストが始まる時間だからか、受付に並んでいる人は少ない。シリルはもうエントリーしただろうか。

「それでは、第五十六回野菜コンテストを開催したいと思いまーす！」

ほどなくして、司会進行者の言葉によって野菜コンテストの開催が告げられた。周囲は「わああ」と盛り上がり、会場には拍手の音が響く。

「すごいもりあがりだね」

ろう。

「賞金が一千万ギルだもの。それに国王陛下に拝謁できるからね」

何より、最終選考者に選ばれると、有名になって多くの買い手がつく――というのが、シリルの話だった。農業を営んでいる者にとっては、名誉であると同時に収入面でも嬉しいことだろう。

そうして予選が始まった。予選の審査員は王都の人々であり、自分がおいしいと思う野菜の番号札が貼られた箱に赤い球を入れる。赤い球は一人三つまで配られ、多くの球を獲得した十人の参加者が最終選考に進むのである。

参加者はざっと見て、二百人ほどだろうか。旅費の関係で参加できない農家もたくさんあるだろうから、参加者は比較的裕福な農家だろう。

そんなことを思いながら、カレンは予選が終わるのを待った。投票者がたくさんいるのと、球の集計に時間がかかるので、大分待つことになった。

そして、三時間後。

「集計が終わりました！　では栄えある最終選考者は誰なのか！　番号を発表していきたいと思います！　まずは十八番！」

拍手が起こる。十八番と思わしき人物が、人混みの中から前に進み出た。番号を呼ばれたら、ああして前に出なければいけないようだ。

「次！　三十一番！」

拍手の中、若い男性が前に進み出る。

「次！　五十三番！」

「うおおお、やったぞー！」

雄たけびを上げながら、大柄な男性が前に進み出た。

カレンはどきどきしながら、司会進行者の言葉を聞いていた。呼ばれるとしたら、そろそろだ。どうか、通っていてほしい——。

そんな祈りが天に通じたのか。

「次！　七十八番！」

「え！」

カレンは思わず、手に持っている番号札を確認した。七十八と書かれてあるそれを強く握り締め、喜びを噛み締めながら、子竜とともに前に進み出た。

進み出た先には、テーブルと椅子が置かれてあり、テーブルには白いテーブルクロスがかけられている。フォークが置かれていることから、ここで国王が実食するのではないかと思われた。

そうして次々と番号を呼ばれていき——。

「最後！　百九十八番！」

前に進み出たのは、シリルだった。一瞬目が合ったが、すぐに逸らされてしまう。それはバツが悪いからというよりは、「ふん!」といった開き直った感じでカレンもむっとした。

「それでは、国王陛下のご登場です!」

拍手の中、初老の男性が後ろから現れた。人々で溢れていた道がぱっと開き、護衛の兵士に取り囲まれた国王が威厳のある表情で歩いてくる。

そして予想通り、カレンたちの前にある椅子に座った。

「番号の早い順から実食となります! さあ、一体誰が優勝に輝くのでしょうか! どきどきしますね~!」

まずは十八番の人の野菜から。

スライスしたきゅうりが乗った皿が、若い女性の手によって国王の下に運ばれる。それを一口食べた国王は「うむ、うまい」と目尻を下げた。

そうして、じっくりと一人一人の野菜を食べていく。カレンの番になるまで思ったより長くかかった。

「次は七十八番のトマトです!」

切り分けられたトマトが乗った皿が、国王の下に運ばれた。フォークで突き刺して一口食べた国王は、「ん⁉」と大きく目を見開いたかと思うと、何も言わずにもう一口食べた。

そして、「次」と運んでくる若い女性を促した。

(ええ~! どっち⁉ おいしいの⁉ おいしくないの⁉)

出品したトマトには、間違いなく精霊姫としての力を込めてある。まずいわけなどないのだが、強者揃いの中では、大しておいしくなかった可能性は考えられる。

最初から優勝などあり得なかったのかも——と考えながら、カレンは国王が他の最終選考者の野菜を順番に食べていくのを見守った。

そして、最後の百九十八番。つまり、シリルの番が回ってきた。

「最後に百九十八番のトマトになります！」

国王はどんな反応をするのだろう。カレンはどきどきしながら、国王が運ばれてきたトマトを食べる姿を見つめた。

一口、口にした国王は「ん……？」と怪訝な顔をした。手が止まったかと思うと、

「おい、七十八番のトマトを持ってこい」

と、運び役の女性に命令した。

予期せぬことだったのだろう。女性は驚いていたが、慌てて奥に下がってカレンのトマトを持ってきた。先程は二口しか食べていなかったので、まだ切り分けられたトマトは残っている。

再びカレンのトマトを食べた国王は、「うーむ」と難しい顔をして考え込んだ。やがて、一つの結論に至ったのか、重々しく口を開く。

「七十八番の者、百九十八番の者、挙手せよ」

カレンは手を挙げる。シリルを見ると、彼も手を挙げていた。

「二人とも。同じ野菜の二重応募は禁止されているが？」

「え⁉」

驚きの声を上げたのは、シリルだ。カレンはさして驚かなかった。同じ精霊姫の力を使っているのだから、味が同じになって当然だ。

カレンは意を決して口を開いた。

「陛下、恐れながら――この者が、私のトマトを盗んだのです」

「ほう？」

「な、何を言っているんだ、君は！」

シリルは慌てて割って入った。

「陛下、彼女の嘘を信じないで下さい！　私は盗んでなどおりません！」

「ほう？」

両者の主張を、国王は興味深げに聞いている。何が正しいのか、見極めようとしている目だ。

カレンは冷静に言い放った。

「陛下、その者の木箱を調べて下さい。味の違うトマトが混じっているはずです。それがその者が作った本当のトマトです」

「ふむ……おい、調べてみろ」

「は、はい」

命じられた女性が、奥に下がっていく。スタッフは他にもいるだろうから、全員で手分けして調べることとだろう。

一方、会場はざわついていた。予想外の展開にみんな、驚きを隠せないようだ。

『──カレン、せいれいきの力は、せいれいきの加護っていうんだよ』

『精霊姫の加護？』

シリルに木箱を盗まれた後。

トマト一つ一つに精霊姫の力を込めているカレンに、子竜はそう言った。

『加護はとりはずしができる。だからいったん、おいしくしたものを、ほんらいの味にもどすことだってできるんだ』

『へえ……そうなんだ』

『その力、つかえるとおもわない？』

『……シリルさんが盗んでいったトマトから、加護を取り外すってこと？』

『そう。それであいつのおもわくをぶっこわしてやろうよ』

能力を使用するタイミングを決めたのは、カレンだ。わざと最終選考に通し、国王や参加者達の前でシリルの行いを暴くために、ずっとこの機会を待っていた。

「へ、陛下！　二種類の味の違うトマトがありました！」

「……ほう」

じろり、と国王に見られたシリルは「ひっ」と体を震わせた。

「ち、違う！　何かの間違いだ！　僕は盗んだりなんかしていない！」

「では、味の違うトマトが混じっているのは何故だ？」

「知りません！　これは誰かが私を陥れようとして……！」

「見苦しい！」

国王に一喝され、シリルは黙り込む。どうしてこんなことに、とその顔には書かれている。

「公平な審査として、味の違うトマトも食す。二種類とも持ってこい」

「かしこまりました」

二種類のトマトがあることを知らせに来た男性は、一礼して奥に下がっていった。ほどなくして、運び役の女性が二つのトマトの乗った皿を国王の元に持ってくる。

それを一口ずつ食べた国王は、「ふむ。うまいではないか」と少々驚いた顔で言い——盗みを働いたからには、まずいと思っていたのだろう——。審査はようやく終わった。

「それでは優勝者の発表です！　陛下、番号をお呼び下さい」

「うむ」

会場がしん、と静まり返る。

カレンとしてはシリルへの報復を果たしたので、すでに清々しい気持ちだったが、まあ結果が気にならないこともない。黙って国王の言葉を待っていると。

「優勝は、七十八番！」

「え！」

「よかったね、カレン」

隣を見下ろすと、子竜がにこりと笑っていた。どうやら、カレンのことで間違いないらしい。

「では七十八番の方、陛下の前へ」

「は、はい」

緊張して体が動かしにくい。それでもなんとか国王の前に辿り着くと、国王は椅子から立ち上がっており、その手には大きな紙袋があった。

「君の野菜はとてもおいしかった。優勝おめでとう」

「あ、ありがとうございます」

国王に褒めてもらえるなんて、恐縮である。

「では、優勝賞金を受け取るがいい」

「はい、ありがたく」

カレンは紙袋を受け取り、元いた位置に下がった。

会場は拍手喝采で、野菜コンテストは終わりを迎えたのだった。

その日、カレンは早々に王都を発った。一千万ギルも所持しているのだ。シリルの時のように誰かに盗まれたら大変なので、一刻も早く家に帰りたい気持ちでいっぱいだった。

「ゆうしょうできて、本当によかったね」

「ありがとう、チャド。そうだね、まさか優勝できるとは思わなかった。なんだかズルしたみたいで、ちょっと気が引けるけど……」

馬車に揺られながら、カレンは苦笑いを浮かべた。優勝できたのは、カレンの手腕が評価されたのではない。精霊姫の力のおかげだ。そこを履き違えてはいけないと思う。

まあ、ともかく、一千万ギルも手に入れられたのは、家計的に大助かりだ。

「ケアリーの家のアップルパイ、たくさん食べさせてあげるからね、チャド」

「本当？　やったあ」

あれ大好きなんだよね、と無邪気に笑う子竜に、カレンは目尻を和ませる。そうなんだ、と返して、窓の外を見た。すでにローテルロー橋を越え、空は日が傾きかけている。

（お義兄様、優勝したなんて聞いたらびっくりするだろうなあ。ふふ、楽しみ）

今回、お土産を買う時間はなかったが、この話と賞金だけで十分お土産になるだろう。

「そういえば、チャド。家に帰ったら、竜の姿に戻るの？」

「うん。へんしんしていると、つかれるんだ」

「そっか……それなら仕方ないね」

会話できなくなるのは残念だが、身体的疲労があるというのなら仕方ない。家の中でくらいリラックスしてほしいので、人間の姿を強要したりはしなかった。

「今回は王都までついてきてくれてありがとうね」

「ううん、ボクもおうとにきてみたかったから」

カレンといっしょにお出かけもしてみたかったし、と子竜は笑う。可愛いことを言ってくれるではないか。子竜は、竜の姿でも人間の姿でも子竜である。

「こんどはクライドと三人でお出かけしたいなあ」

「そうねえ、秋になったら一緒にカルガアの森にピクニックに行くのもいいかもね」

ピクニックなどもう何年も行っていない。三人なら、賑やかになって楽しそうだ。

そんな他愛のない話をしながら、馬車に乗ること三日。

とうとう地元の街に戻ってきた。なるべく急ぐように御者に申し渡してあったので、家に着いたのは朝だった。

「わ～い、かえってきた！」

「あ、こらチャド。あの、ありがとうございました」

「いえいえ。こちらこそ、ご利用ありがとうございます。機会がありましたら、またご利用下さい」

御者はにこやかに笑って去っていった。賃金は先払いなので、支払いは王都で済ましてある。

家の中に走っていく子竜を、カレンは追いかけて後ろから捕まえた。

「こら、走らないの。転んだら危ないでしょう？」

「カレン、かほごだなあ」

「え、そ、そう？」

子竜に指摘され、考え直すカレンである。確かに子供の頃は、カレンもよく走り回っていたかも——。

カレンは子竜から手を離し、こほんと咳払いした。

「まあ、とにかく、落ち着きなさい。家は逃げないんだから」

「だって、クライドに早くあいたくて」

「お義兄様も逃げないから」

「……は～い」

ようやく落ち着いた子竜とともに、カレンは玄関に向かう。鍵がかかった状態だったので解錠しようとしたら、それより先に扉が開いてクライドが顔を出した。警吏官の制服姿だ。出勤前なのだろう。

「よう、早かったな。お帰り、二人とも」

「クライド！　ただいま！」

子竜は嬉しそうな顔をして、クライドに抱きついた。クライドは「ははっ」と笑いながら、子竜を抱え上げて、よしよしと頭を撫でた。

「王都は楽しかったか？　チャド」

「うん！　ひとがいっぱいいてね、ナポリタンおいしかった！」

「そうか、よかったな」

子竜の滅茶苦茶《めちゃくちゃ》な言葉にも、クライドは優しい顔をしている。その様子は年の離れた兄弟のようで、見ていて微笑ましい。

「お義兄様、ただいま」

「おう、お帰り。コンテスト、どうだった？」

「それがね、なんと」

カレンはじゃーんと賞金が入った紙袋を掲げて見せた。

「優勝しました〜！」

「優勝!?　本当に!?」

目を丸くするクライドに、子竜が「うん、本当だよ」と答えた。

「すごいなあ。まさか、優勝するとは」

「私もビックリ。でもこれで家を修繕できるよ。新しい家具も買い揃えられるし」

てっきり、クライドも賛同してくれるだろうと思ったのだが、

「バカ。それはお前の貯金に回しておけ」

と、こつんと額を小突かれた。

「え、どうして？」

「この家の主は俺だぞ。家のことは、俺の給料でなんとかする」

「でも……」

「お前はお前の心配だけしてればいいんだ。まあ、とにかく中に入れ」

子竜を抱っこしたまま、家の中に入っていくクライドの後ろにカレンも続く。広間に着いて、一旦荷物と紙袋をテーブルに置いた。

「ふぅ、やっぱりうちはいいなあ」

窓辺に立ち、庭を眺めるカレンに、クライドはおもむろに声をかけた。

「……なあ、カレン」

「何？」

「ちょっと話があるんだが、いいか？」

「どうしたの、改まって」

振り向くと、クライドは珍しく神妙な面持ちをしていた。

「まず、先に謝っておく。悪い」

「え、何が？」

「その……お前が王都に出発した日の夜、お前の部屋の窓を閉める時にな、お前の日記帳の中身がちらっと見えて……」

「!?」

突然の言葉に、カレンは頭が真っ白になった。

(まさか……見られた?)

カレンのクライドへの気持ちが書かれた文が。

そう考えたら、頬が熱くなってきて、気付いたらカレンは部屋を飛び出していた。

「カレン! 待て!」

「クライド、ボクがおいかけるよ」

そんなやりとりが聞こえたが、カレンは構わずそのまま家を飛び出した。

(バレた! バレちゃった!)

とうとう秘めていた恋心に気付かれてしまったのだ。

クライドはなんと言うだろう。それを聞くのが怖くて、カレンは逃げ出した。

はあ、はあ、と息を切らしながら街を駆け抜け、橋の上でカレンはようやく立ち止まる。

(どうしよう、これから……)

橋の欄干《らんかん》に肘をついて、川の水面を眺めながら、カレンは息をついた。

もう家には戻れない。クライドと顔を合わせるのが怖い。

(どうして、こんなことになっちゃったんだろう)

日記帳を引き出しにしまい忘れたのが原因か。王都に出発する前にきちんと確認しておけばよかった。そうしたら、これからも義兄妹でいられたのに――。

しばらく、ぼっーと考え込んでいたら、

「カレーン!」

と、子竜がカレンの名前を呼ぶ声が聞こえた。ほどなくして、子供の姿の子竜が息を切らしながら、カレンの下にやって来る。

「もう、はしるのがはやいよ。どこに行っちゃったのかとおもった」

「チャド……」

「どうして、とびだしていったの?」

「……それは」

なんと答えたらいいだろう。言い淀《よど》んでいたら、子竜は優しく笑った。

「おはなしはさいごまで聞かなくちゃ。クライド、まだなにもいってないじゃんか」

「……お義兄様の話を聞くのが怖いの」

「どうして?」

「だって、義兄妹じゃいられなくなってしまうから」

そう。もう終わりだ。義兄妹としての時間はおしまい。

カレンは拒絶されるだろう。俺はお前をそんな目で見ていない、と。

そうなったら、義兄妹の関係は完全に壊れて、あとは別々の道を行くだけだ。

「そんなの、わからないじゃん」

「分かるよ」

「ううん、わかってない。クライドがどれだけカレンのことを大切に想っているか、カレンはぜんぜんわかってないよ」

　子竜はそっと手を差しのべてきた。

「かえろう？　いっしょにクライドのおはなしを聞こうよ」

「でも……」

「ボク、このまま二人がバラバラになるなんていやだ」

「チャド……」

　確かにこのまま別れたのでは、お互いに後味が悪いだろう。どうせなら、綺麗な別れ方をしたい。

　カレンは、よし、と腹をくくった。

（フラれに行こう。それにこれまでの感謝の言葉を伝えたい）

　そう思い、子竜の手を取ったカレンは、「帰ろうか」と子竜に声をかけた。子竜はぱあっと顔を明るくして、「うん！」と頷く。

　そうして道を引き返そうとした、その時だった。

「カレンちゃん！」

「あ、おばさん」

お世話になっている青果店の店員が、何やら慌てた様子で声をかけてきて、カレンは目を瞬かせた。

「どうしたんですか？」

「大変だよ！　クライド君が……っ……！」

「え……？」


青果店のおばさんに連れられていった先は、時計塔の下だった。そこには人だかりができており、時計塔を見上げながらみんなざわついている。

カレンも見上げてみると、時計塔のてっぺんから宙ぶらりんになっている小太りの男性と、彼が落ちないように手を摑んでいるクライドの姿があって、カレンは手で口元を覆った。

「お義兄様……！」

「時計塔から飛び降りようとしていたバーナビーの奴を説得するために、クライド君が時計塔に上ったんだ。でも説得に失敗したようでねえ、あの有様さ。今、街の男どもが助けに向かっているが、あの体勢でいつまでもつか……」

時計塔を上るのにも時間がかかる。もし、助けが間に合わなければ、クライドまで落ちてしまう可能性がある。だから、おばさんもカレンを呼びに来てくれたのだろう。

仮に時計塔のてっぺんから落ちて、無事で済むとは思えない。石畳の地面に頭を叩きつけられたら、以前シリルが言っていたようにまず命はないはずだ。

（そんな、お義兄様……）

クライドを失うかもしれない恐怖に震えるカレンの手を、子竜がくいくいと引っ張った。

「カレン」

「チャド……どうしよう、お義兄様が死んじゃったら。私、私…っ……」

「おちついて。――カレンならたすけられる」

「え……？」

カレンにならクライド達を助けられる？

その言葉の意味をよく考えようとしたが、パニックになっている頭では分からない。

「どういうこと、チャド」

「カレンにはあの力があるじゃない」

「あの力？」

そこでようやくカレンははっとした。そうだ。カレンには精霊姫の力があるではないか。

カレンができることは、作物を育てることと木を生やすこと。今、求められている力は――。

（木を生やすこと！）

カレンはすぐさま、その場にしゃがみ込んで手を地面に置いた。そして、クライド達の所まで木が生えるように心の中で念じる。

――が。

（生えてこない!?）

地面が土ではないからだろうか。先日の立てこもり事件と違い、木が生えてくる気配がない。

ふとカルガアの言葉が思い返される。

『お互いにできることとできないことがある、ということだな』

（そんな！　私じゃセシリアさんのようにはできないの!?）

セシリアは石畳の道でも、石畳を突き破って木の根を生やすことができた。カレンにはそれができないというのか。

（どうしよう！　早くしないと、あの二人が落ちちゃう！）

焦る心とは裏腹に、能力は発動しない。

（お願い！　生えてきて！）

必死に念じるカレンの耳に、「うわあ！」とどよめく声が上がった。

「落ちたぞ！」

誰かがそう叫ぶ。

顔を上げたカレンの目に、二人が落ちていく光景がスローモーションのように映った。

『カレン！　待て！』

あれが最期の別れになるのか。

クライドの顔も見ずに飛び出した、あれが。

そんなの……嫌だ。

「お義兄様――――！」

カレンが叫んだ、その時。

ピシピシと亀裂が入るような音が響き渡ったかと思うと、石畳を突き破って巨木が二人の真下から天高く伸びていった。

二人の体は巨木の枝を折りながら落下し、その落下速度を徐々に落としていって、最終的には石畳の地面に転がった。

「お義兄様！」

カレンと子竜は、人混みを掻き分けて二人の元に向かった。

すると、クライドは小太りの男性の頭部を守るように倒れていて、意識を失っている。小太りの男性も意識がないようだったが、どちらも脈はあるので気絶しているだけのようだ。

「よかった……」

二人の脈を測ったカレンは、ほっと息を吐いた。そんなカレンの下に青果店のおばさんがやって来る。

「カレンちゃん、クライド君とバーナビーのバカは？」

「二人とも無事です」

それを聞いたおばさんは、「みんな！　二人とも無事だ！　さあ、二人を病院に運ぶよ！」と大声で周囲の人々に叫んだ。それを聞いた人々は、口々に「よかった」と呟き、男性陣は「よし、運ぶか」と前に出てきた。

「カレンちゃん、よかったね」

「……っ、はい」

ぽんぽんと肩を叩かれ、カレンは泣き出したくなるのをぐっと堪える。そして子竜とともに、男性陣の手により運ばれていくクライドに付き添い、一緒に病院に向かった。

その場に残った人々は、突然生えてきた巨木にみんな首を傾げ、「なんだろう、この木」と不思議がっていたそうだが、その謎が解けることはなかった。


「頭を打って昏倒したのだと思われます。じきに目を覚ますかと思いますが、今日は念のため入院していって下さい」

「はい。ありがとうございました」

病室を出ていく医師を見送り、カレンは椅子に座った。隣には椅子に座っている子竜がおり、目の前には、寝台に横たわっているクライドの姿がある。

ちなみに病室は個室だ。清潔感のある病室で、窓辺には花が飾られている。

「クライド、ぶじでよかったね」

「そうだね。チャドのおかげだよ。ありがとう」

「ううん、カレンが力をつかえたからだよ」

「いい子だね、チャドは」

子竜の頭を優しく撫で、カレンはクライドが目を覚ますのを待った。その時間は一時間ほどだったが、体感的にはいやに長く感じた。

「ん……っ……」

クライドの目がゆるゆると開き黄褐色の瞳が現れる。その目は横にいるカレンの姿を捉え、

「カレン……？」

と、ぼんやりとした様子で口を開いた。

「ここは、どこだ……？」

「病院だよ。お義兄様、時計塔から落ちたんだよ。分かる？」

「時計塔……？　いててっ」

「無理しないで。体のあちこちを打撲してるって、お医者様が言ってたから」

体を起こそうとしたクライドは、その言葉を聞いて起き上がるのを断念した。横たわったまま、自分の身に何が起こったのか、振り返り始める。やがてすべてを思い出したのか、「ああっ」と声を上げた。

「カレン！　バーナビーさんはどうなった⁉」

「あの人も無事だよ。安心して」

「そうか！　よかった……」

そうこぼした後、クライドは天井を見上げた。

「……俺、生きてるんだな」

「奇跡が起こったからねえ」

「ははっ、そうだな」

木が生えてきて、それがクッションとなり、この程度の怪我で済んだ。何も知らない人が聞いたら、奇跡以外のなにものでもない。

開いている窓から風がさわさわと吹いてきた。クライドは風に髪をなびかせ、穏やかな顔で外を眺めながら、雑談するかのように言った。

「なあ、カレン。俺と結婚してくれないか」

「え？」

唐突な言葉にカレンは目を瞬かせた。……聞き間違い、だろうか。

「お義兄様、今なんて」

「結婚してくれないかって言ったんだが？」

「え……」

聞き間違いではない。

惚けるカレンに、クライドは窓の外に視線を向けたまま、静かに語った。

「時計塔から落ちた時、絶対死ぬって思った。その時、後悔したんだ。お前に俺の気持ちを伝えていなかったことを。ははっ、いい兄貴でいるって自分で決めてたんだけどな」

「お義兄様の気持ち……？」

「そうだ。……いつからだろうなあ、お前を異性として意識し始めたのは。最初は可愛い義妹としてしか見てなかったのに、いつの間にかこんなに好きになっちまった。兄貴失格だな」

好きになっちまった。

その言葉に、カレンの目からぽろぽろと涙がこぼれ落ちる。悲しいからではない。嬉しいからだ。

「私も好きです」

「え？」

「お義兄様のことがずっと好きでした」

その時、ようやくクライドはカレンの方を向いた。

「……俺でいいのか？」

「どうして？」

「だって、貧乏は嫌だ、お金持ちと結婚するって昔……」

カレンは愕然とした。涙もぴたりと止まった。き、気にしていたのか――。子供の頃の自分を蹴っ飛ばしたい思いでいっぱいだ。

というか。

「私の日記帳を見たんじゃないの？」

「……？　見たが、それとなんの関係があるんだ」

「え、私のお義兄様への想いを見たんじゃ……」

「俺が見たのは、精霊姫かもしれないって一文なんだが」

「そっち!?」

そうだった。カレンには精霊姫だという秘密もあったのだ。なんてことだ。早とちりであの時、家を飛び出してしまったのか。

まあ、あのまま家にいたらクライドのことを助けられなかったかもしれないので、結果オーライということにしておこう。

「で、どうなんだ。お前、本当に精霊姫なのか？」

「……うん。そうみたい」

「なんで隠してた」

「だって、お義兄様が私を精霊教会に突き出す可能性があったから……そうしたら、お義兄様と一緒にいられなくなるでしょ？」

「俺はお前の意思を無視してそんなことはしない」

それにしても精霊姫かあ、とクライドはひとりごちる。

「じゃあ、今、精霊宮にいる精霊姫はなんなんだ」

「あ、本物だよ。私、友達だから」

「二人いるなんてことがあるんだな。ってことは、チャドがうちに来たのもお前がいるからか。もしかして、突然木が生えてきたのは精霊姫としての力か？」

「そうだよ。他にも作物をおいしくしたり、薬草を育てたり」

「へえ、色んなことができるんだな」

精霊姫かあ、とクライドは再びひとりごちる。

「……精霊宮で暮らす選択肢もお前にはあるんだぞ？」

「私はお義兄様と一緒にいたいの」

「そうか」

クライドは手を伸ばし、カレンの手を握った。そして嬉しそうに笑う。

「俺もだ」

「……あのー、ボクもいるんだけど」

それまで空気を読んで黙っていた子竜が、苦笑いで割り込む。カレンとクライドは、ああそうだった、という顔で互いに顔を見合わせて笑ってしまった。

クライドは、「いてて」と呻きながらも体を起こし、カレンと子竜を笑顔で胸に抱き寄せた。

「よし！　俺達はずっと一緒だ！」

エピローグ

「墓参りに来るのも久しぶりだな」

「そうだね。街からちょっと離れてるから」

あれから一ヶ月後。

カレンとクライドは、丘の上の墓地に来ていた。人間の姿をしている子竜も一緒で、その手には色鮮やかな花束がある。

やがて、一つの墓の前で止まったカレンとクライドを見て、子竜は目をぱちくりさせた。

「ここのおはか？」

「うん。お花を置いてくれる？」

「はーい」

子竜はカレンが言った通りに墓の上に持ってきた花束を置いた。

クライドは墓の前に片膝をつく。

「お義父さん、お義母さん、今日は報告があって来たんだ」

さわさわと初秋の風が、カレン達の髪を揺らす。今日は秋晴れで、空が澄み渡っている。

そんな穏やかな空気の中、クライドは言った。

「驚かないでくれよ？　――カレンと俺、結婚するんだ」

クライドの婚約破棄の問題は、カレン達が王都に行っている間に解決していたらしい。というのも、クライドがかねてから文通していた、亡き父の友人である地方伯爵の人に相談したところ、うちの息子を紹介しようかと申し出があったそうなのだ。

アデラとの婚約はその家に益があり、またアデラもその息子を一目見て気に入ったため、事態が丸く収まったという。

そんなわけで、カレンとクライドは結婚することにした。

「お義母さん、カレンを産んでくれてありがとう。俺、絶対にカレンを幸せにするから」

「お父様、お母様。私達を信じて見守っていて下さい」

カレンもクライドの隣にしゃがみ込むと、クライドがそっとカレンの手を握った。二人は互いに微笑み合う。

「ねえ、ボクのことは？」

後ろにいる子竜が不満げに言うので、カレンははたと我に返った。

「ああ、そうだった。お父様、お母様、うちに来た精霊のチャドだよ。一緒に暮らしてるの」

「はじめまして」

ちょこんと頭を下げる礼儀正しい子竜を、カレンとクライドは微笑ましく思いながら見つめる。子竜はすっかりオールディス家の一員だ。普段は竜の姿だが、時々は人間の姿になって一緒に出かけることも増えた。誰だと訊かれると、親戚の子だと返している。

「よし、報告も済んだし、帰るか」

「うん」

カレンとクライドは手を離し、立ち上がった。子竜を連れて、来た道を引き返す。

三人並んで歩く背中を、祝福するように柔らかな風が優しく撫でていった。

書き下ろし
番外編

精霊姫の力

「じゃあ行ってくる」

「いってらっしゃい。無理しないでね」

クライドが時計塔から落ちて数日後。まだ全身が痛いようだが、いつまでも休んでいられないということで、クライドは出勤することになった。

玄関へ見送りに向かったカレンを、クライドはそっと抱き締める。

突然の行動にカレンは戸惑った。

「お、お義兄様?」

「ははっ、行ってきますのハグだ」

次いで、クライドはカレンの額に口づけを落とし、改めて「いってきます」と言って家を出て行った。

恋人らしいスキンシップに、カレンは顔を真っ赤にしながら思う。

(私、本当にお義兄様と両想いになったんだ……)

正確には、以前から両想いだった、が正しいのか。

クライドはカレンのことを異性として意識し始めるようになっても、いい義兄でいなければいけないと気持ちを封印していたらしい。何も嫉妬していないように見えていても、本当は気持ちを押し殺して演技していただけだったそうで、ずっと苦しかった、と病室で打ち明けてくれた。

なんだか、今でも信じられない。夢なのではないかと思えてくる。

「きゅう」

「あ、ああ、チャド。チャドもいたのよね」

ぱたぱたと翼を羽ばたかせて宙に浮いている子竜は、悪戯っぽい目でカレンを見つめている。

それはまるで冷やかしているようで、カレンはますます恥ずかしくなった。

ここは気持ちを切り替えることにして、「さあ、食器の後片付けをしなくちゃ」と台所に戻る。

食器を片付けた後は、洗濯、掃除、といつも通りの家事をこなし、あっという間に昼になった。

(今日の昼食は、ナポリタンにしようかな)

子竜と一緒に王都に行った際、子竜がナポリタンを食べておいしいと言っていたので、家でも食べられたらきっと喜んでくれるだろう。

そうしてナポリタンを作って、子竜と一緒に食べると、子竜は「きゅうきゅう」と鳴いた。

「どう？　おいしい？」

「きゅう！」

どうやら口に合ったようだ。もっとも、精霊姫の加護を使っているので、まずいわけがないのだけれど。それでも、作っている方としては気になるので訊いてしまう。

昼食を食べた後は、後片付けをして買い物である。子竜は留守番だ。

「じゃあね、チャド。いい子にしててね」

「きゅう」

広間のソファーに丸まっている子竜に声をかけ、カレンは家を出た。暦上では夏が終わったのだが、まだまだ残暑が厳しく、日差しも強い。

（ふぅ。早く涼しくなるといいんだけど）

秋になったら菜園で何を育てよう。人参やじゃがいもは鉄板として、さつまいもなんかもいいかもしれない。何せ、カレンには精霊姫の力がある。なんでも育て放題だ。

そんなことを考えながら、商店街に向かうと、平日なので人はまばらだった。王都と比べてしまうと、閑散としているが、住み慣れた街なので買い物しやすくていい。

「おや、カレンちゃん。クライド君の怪我は大丈夫かい？」

「あ、おばさん」

声をかけてきたのは、青果店のおばさんだった。一応、貴族であるカレンとクライドにも、距離を置くことなく、親しく接してくれる貴重な街人だ。

「心配をかけてごめんなさい。義兄ならもう大丈夫です。今日、仕事に行きましたし」

「そうかい、よかった。まったく、バーナビーのバカは」

「あはは……まあ、バーナビーさんも思い詰めていたようですからねえ」

時計塔でクライドが助けたバーナビーという男性は、突然職を失ってこのままでは妻子を養っていけない、と思い詰めてしまった結果、あのような事態になったのだという。

助けられた後は、妻子や街人から叱咤激励され、今は前向きになって就職先を探しているそうだ。昨日、オールディス家に見舞いに来た時にそう話していた。

早く就職先が見つかってくれたらいいな、と思う。

おばさんと軽く雑談した後、カレンは買い物をして帰路についた。ケアリーの家のアップルパイを買って行こうかとも思ったが、ケアリーにクライドとのことをなんと報告したらいいのか悩み、結局買いに行くのはやめた。

(でも、ケアリーにはちゃんと話したい。定休日に遊びに行こう。なんで、お義兄様のことを好きだったことを教えてくれなかったのって怒られそうだけど……)

けれど、きっと最後には笑って祝福してくれるだろう。ケアリーはそういう子だ。

そんなことを思いながら、路地を曲がったカレンは足を止めた。

「え、シリル……さん?」

なんとそこには、シリルがいた。その手にナイフが握られていることに気付いたカレンは、反射的に走り出していた。

「待て!」

待つわけないでしょうが、と内心突っ込みを入れながら、カレンは走る。

(なんでシリルさんが……まさか、野菜コンテストでの仕返し!?)

ナイフを所持しているだなんて、ただ事ではない。ふと後ろを振り向くと、思ったより距離が縮まっていてカレンは焦った。

そして焦ったあまり、道の選択を間違えてしまい、行き止まりの路地に入り込んでしまう。

（しまった……！　ここから先には行けない）

後ろを振り返ると、シリルはゆっくりと歩み寄ってきた。

「捕まえた」

「ど、どうして私を追いかけてくるんですか!?」

「そんなの決まってるだろ！」

シリルは以前には見せたことのない、憎々しげな顔でカレンを見た。

「野菜コンテストで、よくも恥を掻かせてくれたな！」

「な……っ……私の木箱を盗んだあなたが悪いんでしょう!?」

シリルは自業自得だ。自分で育てた野菜を信じて出品しなかったのが悪い。

しかし、そんな正論は憎しみに囚われているシリルには通用しなかった。

「お前のせいで僕は家の跡取りから外され、挙げ句、追い出された！　全部、お前のせいだ！」

「自業自得じゃない！　人に責任転嫁しないで！」

「うるさい！　死ね！」

ナイフを手に、シリルが突進してくる。その動きがスローモーションになって見えた。

（お義兄様と、やっと両想いになれたのに……）

ここで死ぬのか、自分は。

思わず目をぎゅっと閉じたカレンは、いつまで経ってもなんの衝撃もないことを訝しんだ。そろそろと目を開くと、目の前に立っていたのは。

「お、義兄様……？」

クライドの体が、がくりと地面に崩れ落ちた。同時に血に濡れたナイフを持っているシリルが視界に入る。彼は呆然と崩れ落ちたクライドを見つめていた。

「ち、違う。僕のせいじゃない。僕のせいじゃない！」

シリルは大声で叫び、そのまま走り去っていった。

カレンに彼を追う余裕などなく、地面に倒れたクライドに駆け寄る。すると、クライドの腹部から大量の出血があり、紺色の制服が赤く染まっていた。

「お義兄様！」

「カレン……無事か？」

「私は大丈夫だよ！　そんなことより、血が……」

今すぐ医師を呼ばなければ。いや、その前に止血か。

気が動転して涙目になっているカレンに、クライドはふっと笑った。

「お前が……無事、でよかった」

「ちっともよくない！」

「あの日から……決めて、いたんだ。俺が……お前を、守るって」

「もう喋らないで！」

カレンはワンピースの裾を破り裂き、包帯のようにしてクライドの腹部を圧迫した。しかし、血は止まることなく、布を真っ赤に染めていく。

これでは埒《らち》があかない、とカレンは立ち上がった。

「今、お医者様を呼んでくるから！　絶対に死んじゃダメだからね!?　私達、結婚するって約束したでしょう!?」

医師を呼びに行こうとした、その時だった。

「カレーン！」

「チャド！」

人間の姿に変身した子竜が、息を切らして走ってきた。

「チャド、ちょうどよかった。お義兄様の傍にいて。私、お医者様を呼んでくるから」

「待って。カレンなら、治せるよ」

「え？」

カレンなら治せる？　こんな大怪我を？

気が動転していることもあって、疑問符を浮かべるカレンに、子竜は言った。

「前にカルガアが言ってたでしょ。せいれいきは、生をはぐくみ、いやす、のうりょくのけいしょうしゃだって」

「生を育み、癒やす……え、もしかして」

「そう。きずをいやすことができるんだよ」

今ほど精霊姫でよかったと思ったことはなかった。

カレンは早速クライドの隣にしゃがみ込み、出血している腹部に手をかざして念じた。

（お願い！　お義兄様の傷を癒やして！）

すると、白い光が手から生み出され、クライドの腹部を包み込んだ。

「ん…っ……」

白い光が収束すると、傷口が塞がっており、クライドも驚いた顔で体を起こした。

「ん？　痛くないぞ？」

「お義兄様！」

「うおっ」

喜びのあまり、抱きついたカレンを、クライドは何が起こったのかよく分からないといった顔をしつつも、優しく抱き留めたのだった。


その後、シリルは警吏官に捕まった。血に濡れたナイフを所持しているところを、職務質問という形で警吏官に捕まり、そこで犯行を自供したそうだ。

といっても、被害者であるクライドの怪我は治っており、傷跡一つ残っていないものだから、名目上はカレンの木箱を盗んだ窃盗の容疑で逮捕されることになった。

「はあ、チャドから話を聞いた時は肝が冷えたぞ。間に合ってよかった」

病室の寝台に横たわったまま、クライドは笑った。あの後、立ち上がろうとしたクライドは貧血を起こして倒れてしまったため、病院に運ばれたのである。

「シリルがうちに来たのがまどからみえて、ナイフをもってたから、もしかしたらっておもって」

カレンはあの世行きだ。

「それで派出所に駆け込んだんだね。――お義兄様、守ってくれてありがとう」

カレンが刺されてしまっては、精霊姫の力は使えなかったかもしれない。そうしたら、今頃カレンはあの世行きだ。

クライドが刺されてしまった時は、目の前が真っ暗になったが、何はともあれ無事でよかった。

「そういえば、お義兄様。あの時言ってた、あの日から決めていた、のあの日って？」

不思議そうな顔をするカレンに、クライドは穏やかに外を眺めるだけで何も言わない。

『は、はじめまして。カレンです』

『はじめまして。俺はクライド。よろしくな』

二人の始まりはここから。

あとがき

初めまして。またはお久しぶりです。深凪雪花です。

このたびは、『チートで家庭菜園～多分私が精霊姫だけど、他に名乗り出た者がいるので、家庭菜園しちゃいます～』を手に取っていただき、ありがとうございます！

このお話は、私が以前から家庭菜園をやってみたいと思っていて、もし無限に作物が実る菜園があったら、節約になっていいのになあ、なんて妄想から思いついたお話です。

『小説家になろう』というサイトで連載させてもらっている作品なのですが、書籍化のオファーが来た時は驚きました。文章力に自信がありませんでしたし、何よりこんな妄想垂れ流しのお話を書籍化していいものか……と（笑）。

けれど、お声がかかった時は嬉しくもありました。物書きとして、より多くの人に読んでもらえるかもしれない機会というのは、ありがたいものです。

色々ツッコミどころが多い作品かもしれませんが、楽しんでいただけたら幸いです。

最後にこの作品の出版に携わって下さった、イラストレーターの朝日川日和様、担当編集者様、出版社様、本当にありがとうございました。

二〇二一年八月吉日　深凪雪花

この本を読んでのご意見・ご感想・ファンレターをお待ちしております。
〈宛先〉　〒104-8357　東京都中央区京橋3-5-7
（株）主婦と生活社　PASH！編集部
「深凪雪花先生」係
※本書は「小説家になろう」（https://syosetu.com）に掲載されていたものを、改稿のうえ書籍化したものです。

PB
PASH!ブックス

チートで家庭菜園
～多分私が精霊姫だけど、他に名乗り出た者がいるので、家庭菜園しちゃいます～

2021年8月16日　1刷発行

著者　深凪雪花
編集人　春名 衛
発行人　倉次辰男
発行所　株式会社主婦と生活社
〒104-8357　東京都中央区京橋3-5-7
03-3563-5315（編集）
03-3563-5121（販売）
03-3563-5125（生産）
ホームページ　https://www.shufu.co.jp
製版所　株式会社二葉企画
印刷所　大日本印刷株式会社
製本所　下津製本株式会社
イラスト　朝日川 日和
デザイン　井上南子
編集　松居 雅

ISBN978-4-391-15606-5